上り坂下り坂

青木玉

講談社

目次

青木玉随筆集＊上り坂下り坂

上り坂下り坂

坂を上る

小石川はお寺と学校と坂が多い土地だ。どっちへ向いても坂を下りてゆき、また坂を上って帰ってくる。行きはよいよい帰りは上り坂で、地下鉄を使うようになって、さらに足腰がぎくしゃくする。

坂は高い台地と川に近い平坦な場所とをつなぐ、上でも下でもない違う雰囲気を持つ場所である。今のように機械を使って整地ができなかった昔は、使いにくい場所だから、実生《みしょう》の木が生えたり、草やつるものが搦《から》んで子供たちの滑って遊ぶ場所でもあった。

小石川台地の真ん中に伝通院という徳川家の菩提寺がある。寺格も高く大きなお寺で、江戸期には身分のある人のお参りがあったためか、広い坂が二本、お寺の参道へと続いている。

一つは傾斜がゆるく、長くゆったりした坂で富坂《とみさか》という。ほんとうはこの辺の繁みに鳶《とんび》が多く居たところから、とんび坂といわれていたのを体裁のいい名前に改められたようだ。白山《はくさん》通りに下りた道は、そのまま本郷台を上る真砂坂になる。ここは坂と坂が向いあっている。

もう一方は安藤坂、安藤飛驒守《ひだのかみ》のお屋敷があったのでそう呼ばれた。山門から真っ直ぐに下りる坂は道幅は広いが急勾配で、中腹は崖になり、一気にずどんと落ちている。それを和らげるために坂はぐっと右に曲がって神田川沿いに下りている。地名の大曲は川の蛇行を指したものか、あるいは坂の付き方を示したのか、いずれにせよ癖のある地形であったろうと思われる。いつの頃か、この坂をはこばれてきた樽が、運わるく転げ落ち、坂道いっぱいごろごろ転げて周りの人家に飛び込む事故があったと聞く。今からは考えられない話だが、五十年位前、人や馬が荷を運んだ頃、ここは難所で坂を上るリヤカーや荷車の後押しは、誰でもする手伝いだった。息を切らして上った坂の上の眺めは格別で、雪の日わざわざ町に降る雪を見にくる人もあった。始終上り下りするたびに疲れる坂ではあるが、坂ひとつ上って眺望を楽しんだ時は遠くなった。

坂を上るのは人ばかりではない。音もまた上る。富坂の右手はかつての後楽園球場。ドームになる前はここ一番の大勝負でホームランが出ると、わーっと喚声が上がり、ドームができた今は、夏の夜若い人向けのコンサートが開かれると、機械で増幅された音はモンスターのごとく、ぐわんぐわんと鳴り響く。

夜がまだ静かだった頃、雨もよいの雲が厚くたれ込める晩に、東京湾のどこかでなる汽笛を聞くことがあった。夜の暗い海を渡って聞こえる汽笛の響きは、海路の疲れと安堵感を、ぼーっと訴えかけてきた。

坂はどれ一つとして同じ表情のものはなく、上るときも下るときも、平らな土地にない人の心を誘うものがある。

こうもり

「表通りの坂で、何かおかしな飛び方をするものがいて、あれ鳥じゃないなあ、蝙蝠《こうもり》かなあ」

夜遅く帰ってきた家の者が、話しかけるでもなく、一人ごとのように呟いている。

「この近所に蝙蝠がいるなんて聞いたことがない」というと「じゃ行ってみたら」とにやにやしている。こんな夜更けに冗談じゃないと寝てしまった。

翌朝、みんなに聞くと蝙蝠を見たことがないのは何と私だけ、三対一の割合である。これはいけない、鳩や雀と同様、蝙蝠は身近な生き物だったのだ。それなら、ちょっと表通りまで行って見てこようと気軽に考えたのがとんでもない心得ちがいであった。

相手は日暮れ以後にしか出てこない。しかも立ち木や電線に止まってもいない。何しろ見たこともないものは目の前を飛んでも気が付くかどうか、動物にけもの道があるように蝙蝠みちがあるだろうか、見たい思いと知らないことの心細さから落ち着きなく歩き回り、気が付くと空いっぱいの茜《あかね》色は萎《な》えて、公園の木はひと塊の影になり、道沿いの標識灯は点々と光を放っている。日暮れの坂道に立って呆然たるものであった。

蝙蝠に対するイメージはあまりよくない。鳥でもないのに飛び回り、見た目も、ねずみに豚の鼻がついていて甚だ不細工だそうだ。夜の闇に紛れて餌を捕り、休む時は逆さまにぶら下がっている姿は何とも不気味であるという。中国では蝙蝠の蝠という字と福の字の音が同じことから、おめでたいものと喜ばれるそうだが、刺繍や工芸品のデザインとしては面白いが、それ以上ではなさそうである。

誰彼かまわず、蝙蝠どこかで見ませんか、と聞くと、俄然男の人の反応がいい。四十年前の面目躍如、まず蛙をつかまえてその肉を空へ放り上げてごらんなさい、一発で飛んでくると今にも腕捲《うでまく》りしそうな様子である。いや、神田川沿いの橋の下にぶら下がっているよ、というから行ってみたが気配もない。橋のたもとの交番でよもやと聞いたら「は？　こうもりなくしたの」と、申し訳なくて退散した。

騒いだおかげで二子玉川の近くで見たと呼んでくれた人があった。時折、雨が強く降ったり止んだり、細い川が澱まずに流れ、高い木立、梢のあたり、あそこに、と何度か教えられてようやく目が慣れた。黒い影はせわしなく羽を煽り、くるっと反転し視界から消える。姿は蝶のようであり、飛び方は燕に似る。それまでばらばらにいわれてきた言葉は確かに蝙蝠の特徴をとらえていたことが、黒い影ははっきり示していた。佇むうちにだんだん近くまで下りてきて街灯の下を旋回した。広げた羽はほんとにこうもり、薄い羽は光が透けて細かい筋がきれいに並んでいた。蝙蝠さん今度はどこであってもちゃんと分かるから、顔も見せておくれ。

たらいの水

焼ける暑さ、肌に痛いような熱風がアスファルトの道を吹き抜けてゆく。湿気が風で吹き飛び、日の光は、普段の倍も強くまぶしい。表通りのポストに葉書を出しに行く道は、だれも歩いていない。あまりの暑さに、家に逃げ帰って、ああよかったと思う。

あのまぶしい空の色に、ひょいと子供のころの水の感触が浮き上がってきた。

たらいいっぱいに張った水の中には浴衣が入っていた。肌着や靴下などの小物は、洗濯用の深い洗面器で、小学生のころから洗っていた。女学生になった夏休み、初めて大きな浴衣を洗うようにいわれた。それもこの夏、新しく拵《こしら》えてもらったばかり大気に入りのものだ。白地に紺で蛇籠《じゃかご》をあしらった撫子《なでしこ》で、ところどころに赤い花が控え目に入っている。これまでの金魚や朝顔といった、いかにも子供っぽい柄よりも一段と娘むきなのが、欲しかった理由だった。

まだ何回も着ていない。お盆のお迎え火や送り火を焚《た》いた時と、つい先日お客様がみえた時にお給仕をするために着ていただけだのに。「もう洗っちゃうの」と、つい聞いた。「襟先や裾みてごらん」。なるほど何時の間にか、汚れたとも見えない汚れかたをしている。「このくらいのうちに洗っておかないと、あんたの手に負えなくなる」。母の注意は、水に浸せば紺や赤の染料が落ちて、それが白地の布の他のところに色移りしないうちに洗い上げないといけないのだという。

お風呂場の簀《す》の子《こ》を上げてたらいを置き、水道の栓をいっぱいにして水を入れ、バケツ二つにもゆすぎの水を用意した。襟と袖口と裾だけを石鹸で洗い、あとはぐずぐずしないでゆすぎにかかる。もう、目も回るほどの忙しさ。洗った水を捨て、ゆすぎの水をたらいに移し、ゆすぐ間に二つのバケツに水を溜める、時間に追われるというより、水道の水に追いかけ回されるような騒ぎだ。後ろで見ている母は、浴衣のゆすぎは、最後にざぶざぶと水の中で布を泳がせたあと、襟肩を持ってざーっと水から引き上げ、布全体の水を落として布と布がべったりくっつかないように気を付けなさいという。浴衣の長さは、自分の丈より長い。それが水を含んで重くなっている。勢い肩より上に持ち上げなければ水は切れない。二度三度と屈伸運動をつづけて息が切れた。最後の力をふり絞って手にあまる布を絞り、竿《さお》にかけて形を整え、物干しの上段に干し上げた。気がつけば胸から下はずぶ濡れだったが涼しく気持よかった。まるで水遊びのような洗濯だと母は笑ったが、一人前の娘になれば水遊びはできない。ざぶざぶざーの屈伸運動は、天下御免の水遊び。毎夏の何よりの暑さ凌ぎになった。

洗濯機、冷蔵庫、ましてクーラー、何一つない昔の夏であった。

西瓜の舟

風が絶えて目の前がぼんやりするような暑さだった。体中から汗が滲んで居眠り寸前、子供たちも猫も、体を放り出して、昼寝の夢のなかを駆け回っている。

と、その時電話が鳴って、取った受話器から元気いっぱいの声が飛び出してきた。

「私は○○ですが、この間お宅の御主人と電話で久し振りにお話したんですよ。お子さん方、もう学校ですって、可愛いでしょ、こっちは、今、西瓜《すいか》の出来る時期で一つそちらに送りましたから食べてみて下さい。今年はとっても出来がいいんです。それじゃあ」と切れた。一遍に目は醒めたが、相手のことは何一つ分からない。ただ西瓜が送られてくることだけ理解したままでだった。翌日になって実に立派な俵なりの西瓜が、藁《わら》で編んだ円座に、どっかりと腰を据えて届けられてきた。八百屋の店先でお尻をたいて品定めをする安直なものではない。品評会の展示品の風格がある西瓜だった。

主人が帰宅して、送り主の名前を見て「ああ、この人、医者になったばかりのころ講習を受けに来た保健婦さんで、勢いのいい人だったろ、懐しいなあ」と喜んだ。

何しろ大きい。台所で使っている菜切り包丁がおもちゃのように見えて、どこから刃を当てたらいいのか迷ってしまう。思い切って包丁の峰が隠れるほど切っても口も開かない。そろりそろりと三分の一くらいまで包丁を進めたら、ぱりぱりと緑色の皮がはじけ一気に笑み割れて、真っ赤な色が現れた。あたりは瓜特有の甘く熟れた匂いが溢れ、目を見張っていた子供達は、おいしそうと声をあげた。

真ん中の種の少い所を、スプーンでくりぬいて口へ運ぶ。これ以上の贅沢《ぜいたく》はない食べ方をした。ほんとうの西瓜好きの人からは睨まれそうだが、あとは西瓜舟にする。かき氷と砂糖を入れて冷たく甘い露を吸った。舟というにふさわしい大きな西瓜は、飲んでも飲んでもたっぷりの甘露が湧いた。ほかの果実が持つ酸味や粘りがない甘さは口に飽きない。体中の血液の半分は西瓜の果汁になってしまったかな、と愚にもつかぬことを思って楽しかった。

　夏休み、大きな西瓜を楽しんだ時は過ぎて気がつけば、出盛りの西瓜を八百屋の店先で売ることもなくなって、スーパーマーケットの果物売り場に、他の果物とモザイク状に小さくカットして詰め合せた西瓜は、おしゃれなカップで売られている。それはそれでよかろうと思うものの、夏の渇きを甘く潤してくれた西瓜の舟は懐しい。

　西瓜が終り、蟬やとんぼを追っていた子供たちの姿が減って、夕暮れの色がいつとはなしに深くなり、こおろぎの声が庭からも、時に家の中からも聞こえてくる。夏はどこへ行くのだろう。台風は北上して消えるが、積乱雲の湧き上がる南の海へ夏は帰り支度を始めている。

生姜と茗荷

この頃、車の後ろのドアを跳ね上げて、道端で花筒を並べている流しの花屋さんがある。夏も終りに近付くと、荷のなかにジンジャーがあるか覗いてみる。時には目よりも先に、鼻がこっちこっちと教えてくれたりする。

ジンジャーは濃い緑色の長い葉が茎をしっかり抱え、その先端から蕾が三十あまりも詰っている円錐形の花穂が出る。花の一つ一つは中輪で、下から順に咲きのぼってゆく。

純白の花を包んでいる苞《ほう》も白く、咲き始めると後ろに反り返って、中から出た蕊《しべ》と共に細い紐が、花の姿を趣のあるものにする。溢れ出る香りは爽やかで、夏の花らしく強く漂う。花瓶にいれて部屋に置いても、外から帰ってきた玄関まで匂っている。

百合のような華やかな甘さはないけれど、暑さの残るこの季節をたっぷり楽しませてくれる花だ。

初めてこの花に出会ったとき、庭に植えれば、毎年いい匂いを楽しむことができると思った。球根類が売られる時期に忘れずに求めた。ネットの中にはごつい生姜の根が二かけ無造作に入れてあった。

一年二年、ちっとも花は咲かず、桃栗でさえ三年というのにまだ咲かない。立派な茎が邪魔になっても我慢していたが、とうとう腹を立てて根を掘り上げた。土の中の根はあきれるほど太く大きくなっていて、もう一年待てばよかったかと悔やんだが、思い切って捨ててしまった。

翌年、主人は仕事で沖縄へ行った。そこで小高い丘のわきに溢れるばかり咲き匂うジンジャーを見た。「そりあもう見事だった。あんなに大きく育つ植物だったんだ。もう一度植えよう」。前に懲りて、今度は必ず咲くと折り紙付きの根を植えた。そしてつぎの年、なんと蕾からオレンジ色の花が咲いてびっくりしたが、匂いは十分、満足した。そのうち、どういうことなのか植えもしないのに貧弱な白い花も咲くことがある。付き合って初めて知る花の性格である。

ジンジャーといえば、ちょっと気取ってケーキに入れて焼いたりするが、早い話、生姜《しょうが》のことだ。薬味に使う生姜の花は咲いているのを見たことがない。根が売り物のことだから、花は摘まれているのかも知れない。同じ生姜の仲間で花が食べるために売られるのが茗荷《みょうが》。見分けが付かないくらいよく似ている。庭の隅の日陰で茂った葉の根元に、もっくり苞が顔を出す。それに気付かずにいると、ジンジャーと形はそっくりだが、透き通るようなクリーム色の花がえび茶色の苞からひょいと出て咲く間もなく萎《しお》れる。まことに儚い花なのだが、これは咲かせてはいけない。茗荷の子といわれる苞は腑抜けになって味も香りもなしである。

今年の暑さは身に応えたが、ジンジャーは上機嫌でいつもより花がいい。茗荷の根元も賑やかになってきた。生姜はてっぺん、茗荷は地面に楽しみがある。

この秋

もうじき秋のお彼岸がくる。お盆とお彼岸の間の二ヵ月は暑さの盛り、暦の秋はきているが、寝苦しい夜が続いた。待っていた涼しい風が吹き渡り、ようやく熟睡して息をつく思いだ。暑さにめげて、溜ってしまった雑用を片付けようと思うのだが、なんだかがっくりくたびれてしまった。

母を見送って十年が来ようとしている。早かったような、また長くもあった時である。いまだに心から離れることのない日々だが、当座は自分が少しでも母のことを忘れていようものならば、私の心の中から母は消えてしまうのではないかと恐れた。ことに居間の机回りにあるものを動かすと、住み心地が変る。そっとして置けば部屋の中で、いままでと同じように安泰に過していられる。そう固く思っていた。

私の家と母の住まいはつい目と鼻の近さにある。行ったり来たり、窓をあけ、戸を開き風を入れる。母もその間は、目覚めて庭に下り、梅の枝にくる目白や四十雀《しじゅうから》がつくばいで水浴をしている姿を、楽しそうに眺めていると思って、こちらの気持もほのぼのした。だがそれは、どこまでも私自身の心の中のこと。身勝手な独りよがりに過ぎないと知りつつ、一年また一年と過してきた。

実際には、母の生活そのものは終っているのだが、この家を訪ねてくる方たちは、母を訪ねてこられる。迎えに出る私は留守番みたいなもので、四十年の間、ここで母がしつづけてきた仕事が本にまとめられ、日常のこまごましたことが、写真や、来た方がたの記述によって、世の中に出ていった。その度ごとに私は何時も母だったら、どういう対応をするだろうと考えると、自然に答は出てくる。母は、実にこの家の主人であり続けてきた。

だが十年ひと昔、今年の春咲き始めた海棠《かいどう》の花を眺め、まだこの木が若木だった花を楽しんでいた母に、こんなに見事な花を見せたかったと、ふと机のある部屋を振り向いた。明るい光の庭から見たそこに母の気配はなく、部屋はただ古びていた。ああ、模様がえをしなくてはいけない。障子も張り替えカーテンも洗ったが、壁紙はしみが浮き、水回りはおかしくなっている。「もうこっちに来たらどう、その方が賑やかでいいよ」と呼ばれたと思った。

あんなに小さな物ひとつ動かすのにもこだわって、頑《かたくな》に抱えていたものはどうなったのだろうと思うほど心は軽くなっていた。

この家を建てた当時の人たちはもう建築の仕事から離れてしまっているが、そのあとのつながりを持つ人たちに手当てを頼んだ。手荒なことをせず、ぽつぽつと仕事は捗《はかど》って、瓦も外され柱も床も片付いていった。建物のあった土は五十年ぶりに日の光を受けて、関東ローム層特有の赤茶の色を現した。せまい場所を小さなショベルカーが小器用に動いて土は平らにならされた。時のままに穏やかな変化が訪れている。

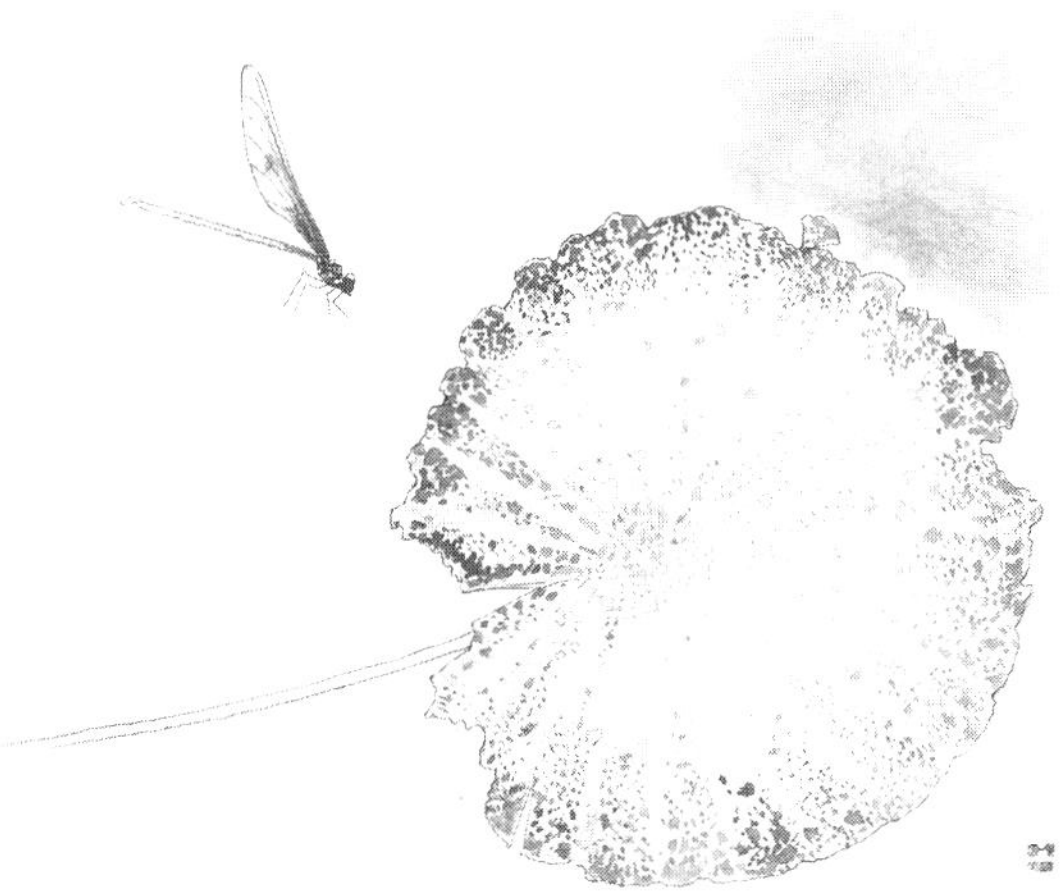

お彼岸に

小さい時、一生のうちに一度は、富士のお山に登り、お伊勢さんと長野の善光寺さんにお参りしたいというお婆さんがいた。どうしてなの、と聞くと、なんでもみんな有難いからなのだと言う。有難いというのが分からなくて不思議に思った。幸か不幸か神仏に頼るほど苦しい目にあわず御信心とは無縁で過してきた。

そこへ図らずも、善光寺のお上人様にお目にかからせて下さるというお話を頂いた。一年の行事のうち、お彼岸の催しごとの一つに、さまざまな人にお会いになることが設けられているそうだ。びっくりしたが一生に一度のことが降ってわいたのだと気付いた。

善光寺さんは門前町が連なり、立派な堂塔宿坊が並ぶ、他の場所とは違う雰囲気がある。有難いという言葉を思い出した。

どうぞこちらにと請じられた広いお部屋は明るく、紫衣を召されたお上人様は、遠路はるばるようこそと、にこやかにいらっしゃる。

お上人様のお育ちは、鷹司家のお姫様で、学習院、慶応と大学まで進まれた方が、なぜ仏門にお入りになったか、私の僅かな知識では仏門に入るということは、この世の縁を総て絶つことであり、なぜ御両親から離れられたのだろうと思った。

お話では、お母様のいとこに当られる先代のお上人様が大おば様であり、その方を一途に慕われてのこととおっしゃる。この方はこの世の悲しみや苦しみから仏の教えに入られたのではなく、父母の縁の親しさから、仏の教えを受けられたのだ。

だが仏道の修行は厳しく、体を損なわれ病まれた時、同じ修行をする学僧の方々の、お世話を受けるのが申し訳なく、幾日かの養生を御実家でなさりたいと願われたが、お許しが出なかった。たったお一人で耐えられたそうである。そのことは、自ら親との縁を絶たれずに、自然と俗から離れることを会得なさったのであろう。あとは総て日々御精進なさったことと思われる。

お座りになっている後ろに、美しい小袖屛風が立ててある。お母様がお嫁入りの時に召されたものの残り裂《ぎ》れでお作らせになったという。戦後、お母様は振り袖で洋服を作り、戦災の復興に尽力した外国の方に贈られたそうで、思い切りのいい、事態を見る確かな目を持った方だったようである。そしてお上人様はお母様の召した明るい紺地に山桜と紅葉のきれいな小裂れを惜しまれて長い間大事に持っていらっしゃった。そして今は小袖屛風に仕立てられ、ここをお訪ねする方へのおもてなしに趣をそえている。

図らずも身近なお話を伺って、つくづく仏縁というものに目の開かれる思いがあった。世の中は苦しくうとましいことが多い。だが、身を捧げ手を合せて善い願いを祈る方がここにいらっしゃると思うと、有難いことのほんのひとかけらが解けた気がした。

遠い味

十月になるのを待っていたように、秋の気配がひたひたと寄せてきた。昼間の気温は高くても、さすがに季節の後戻りはなく、一年のうちの最も恵まれた時である。果物売り場には秋の味覚がずらりと並ぶ。葡萄、いちじく、栗、りんご、色も形も味もお望みならば何なりと取り揃えてございます、という具合だ。物によっては、まだほんとうの味はのっていない。早めに手をかけて、珍しさも味の内という顔もある。

物の味も今一つだが、こちらの口も、さて何が食べたいか、どうもこれと決めかねている。冷たいものもいいけれど物足りなく、こっくりと煮込んだものは重たい気がする。これは、若い食欲の求める御馳走とは違った味がほしいのだ。

つい先日、道端で野菜を並べて商いをしている人の荷の中に、忘れかけていたものを見付けた。里芋の茎のずいきである。衣かつぎや甘煮にする里芋は、土のなかにある根の部分を目当てに作られるが、収穫時は、地上の茎は人の丈ほども勢いよく伸びている。これをただ捨てるのはもったいない。お味噌汁の実にしたり、ごまよごし、ひたしものに使う。わざわざ作って食べるというものではなく、手をかければそれなりに食べられる、副産物としてのたべものである。

里芋の類は小粒のものから赤目いもや八頭《やつがしら》のような大粒のものまで、さまざまある。ずいきの茎の色も、赤い色も、葉と同じ緑色のものもある。ほんの一時期顔を見せるが、すぐに消えてしまう。ざっと茹《ゆ》でて甘酢に漬けておくと、薄紅色のきれいなお浸しとして、添えものの一品になる。

子供のころ楽しみに食べたようなつるっとした滑らかな味になかなか出会えなくなった。

秋の草を見に、町なかから離れた雑木の茂る道を歩いていた。連れの人がしきりにあちこち見回して何かを探しているのに気が付いた。聞いてみたら、もうそろそろむかごの季節だ。両手のひらに一掬《ひとすく》いもあれば、むかご飯にありつける、と嬉しそうな顔をする。むかごは、山芋の蔓にできる小指の頭ほどの小さな黒褐色の粒で、実を割った切り口を擦り合せると、山芋のようなぬめりが出て糸を引く。これを混ぜて炊いたものがむかご飯である。きのこ、ぎんなんという、用意された食材ではなく、どこかで実を付け、いつの間にか土に落ちてゆく野にあるものだ。

むかご飯は、たった一度、戦後の食べるものが乏しかった時、学校で国語を教えて下さった先生が、校舎の裏庭にからんでいた山芋の蔓を見付けられ、生徒たちにむかご採りをおさせになり、むかごを食べることも知らない娘たちにむかご飯を炊いて振る舞われたことがあった。空腹の口に含んだ慈味である。

ずいきもむかごも、いわば芋の副産物。さてどうというものでもないが、今は遠く思う味になった。

鮭の上る川

ひと月前、東北新幹線で盛岡まで足を延ばした。以前、北への旅は夜行がほとんどで長い長い時間がかかった。乗車券の到着時刻を見ながら、なんと身軽になったことかと思う。東京駅の慌ただしい空気から抜け出して、何の抵抗もなく滑らかな移動が始まる。車両の乗り心地はよくなったが、ここ三年ばかり老眼の度がぐっと進んで、車中の読書はあきらめてしまった。そうなれば子供同然で窓の外をひたすら眺め、帰路はせっせと舟を漕いで帰ってくる。私のような出無精は知らない土地へ行くのは滅多にない楽しみ。たとえ東海道のように見慣れた道筋であったとしても、海山、季節の花と飽きることがない。

朝方ひと降りしたそうで、盛岡の街はしっとり空気が冷えていた。雲切れがして日が差し、駅前の街路樹の葉はまだ青く、房になった赤い実は花とは別の鮮やかな色を見せている。聞けばななかまどだという。ななかまどは山にある木だと思っていたが、それが並木に使われているのは珍しい。北の土地に育つ木の出迎えを受けた気がした。

街の中心部、県庁などの新しい建物が並ぶ通りをちょっと入ると、昔の面影を残した木造の洋風建築物が残されていた。これらの建物を囲んで木々の緑が厚く、新旧がよく調和してゆったりした時を保っている。立派な県民会館のホールに立って、ここで開かれるさまざまな催しに多くの人が集り、新しい結び付きが育ってゆくであろうと頼もしく感じた。

用が終って一休みさせてもらった明るい部屋の前を川が流れている。河原が広く、水は寄ったり分かれたりして流れている。土地の方が、この川を鮭がもうじき上ってきますよと言う。鮭の上る川、鮭はこの川上で生れ遠く旅して、迷わず生れ育った川の匂いを頼りに戻ってくる。故郷を厚く慕う魚なのだ。ぎゅっと、心を締め付ける情が湧いた。

あとここに居られる時間は四十分ほど、どこか行きたい所、見たいものは、と聞かれても考え付かない。せめて駅の近くを行ける所までご案内しましょうと車に乗せて頂いた。土地の産物を商う商店街は、すっかり今風の店構えになっているが、どこか土地に住む人の温もりが見え、時間があったらと惜しい気がする。信号で車が止まった。前方に橋がある。鮭のことが頭にあって、橋に駆け寄って川を見た。都市の川にしては水量が豊かで勢いがあり、水面は強くうねり川底の複雑さが思われる。この川は北上川、さっき見たのは中津川、駅を出てすぐ右手から雫石川の三本が合流して北上川の大きな流れになってゆく。またしても時間があったらと思いながら、御礼を言って駅の階段を駆け上がった。新幹線の窓におでこをくっつけて見損なうまいとした。三本の川は自然に寄り添って遠く流れ去った。盛岡は北の国、人も鮭もなかなかどの赤い実も、胸に染みる懐しさである。

おもちゃの飛行機

旅は無理をしないで、ゆっくりした時間を持つのがいい。それが望みではあるけれど、用事があると、前後の時間が押さえられて無理なとんぼ返りをする。周りはこちらの年を心配して、元気な若い人を同行させてくれた。

幸い好天に恵まれ、抜けるような空に立つ富士も、きらきら光る海も見て、片道一時間ほどの空を飛んだ。行った先では、駆け回れるかぎり動き、見なければならないもの、聞くべきことを確かめて、暮れ方再び羽田に戻った。

こういう離れ業をこなせるのは、事前の十分な詰めと、動き慣れた経験があって初めて可能なのだ。いい同行者の助けを得て、思った以上の収穫に満足して空港のロビーに立っていた。二人の若い人は、カメラの入ったバッグやら器材を受け取ってくることになっていた。

搭乗手続きのカウンターの向い側は売店が並んでいる。お土産類、新聞雑誌、ちょっとした日用雑貨、僅かなスペースに少しずつ旅の必需品がぎっしり詰め込まれている。その中に子供のおもちゃがある。かわいい縫いぐるみ、プラスチックの怪獣、どうやって遊ぶのかさえわからないゲームやパソコン様のものが、旅行中の子供の我慢の手助けとして並んでいた。

自分の子育てが終ると、親はおもちゃの流行を忘れ、何歳の子は何に興味を持つか、てんで見当が悪くなる。以前、自信を持って子供の欲しいものをぴたりと選んだ時があったなあと郷愁に似た思いで眺めていた。

店の中から、細長い包みを抱えた三つくらいの男の子が、跳ねるようにして出てきてこちらと目が合った。

「これ買ったの」。彼の指差す先に電池で動くスマートな飛行機のおもちゃがクルクル飛んでいた。「欲しかったの?」。こくんとうなずいて後ろのお母さんを振り返った。

バッグにお財布を仕舞《しま》いながら「あ、子供が済みません」とお母さんは軽く頭を下げて、彼の手を引いて走ってゆく。ズボンの裾《すそ》から細い足首、白い靴の裏がひょこひょこついてゆく。親子の楽しさが躍っていた。

向こうから若い二人が大きな荷物を肩にやってくる。その一人が今朝、小さな娘さんが飛行機に乗るお父さんに、ついてゆきたいとねだったと笑っていたことを思い出した。小さな子が一日中、どんなにお父さんの帰りを待っているだろう。さっきの男の子よりまだ小さい子に飛行機のおもちゃは早いかとちらっと頭の中が動いたが、迷わず機体に花がいっぱい描かれているのを取り上げた。大丈夫、子供の成長は早い。もうすぐこれで遊ぶ時がくる。

二日後、ブーンブーンと飛行機を抱えて部屋中をちょこちょこと走っていると電話があった。

すすき

テレビの映像に目が止まった。画面は遥かかなたまで続くすすきが、白く鮮やかに映し出されている。全国各地、季節の花の紹介は絶え間なく、大方はまぁ綺麗、おや珍しいで終る。だが今時こんなすすきの原はどこにあるのだろう。字幕に埼玉県の「羽生」の字が記された。なるほど利根川ならば、長い流域にすすきの群生地があっても不思議はない。すすきの出番はお月見で、主役は月かお団子か、こちらはひっそり添え物である。目立たない草の、花でもなく、実と言うにはあまりに小さい種についている糸状の集りがすすきの穂だ。

その姿にはなぜか人の目を引くものがあって、昔の大和絵にも描かれ、蒔絵《まきえ》の手箱、細工物、着物や帯にも図柄として使われる。身近なものと思いながら、さてしみじみ見た記憶はないのだ。お天気はゆっくり下り坂。明日は持つが夜には降りに回るという。このすすきも明日までだと思うと、執着心が湧いた。行ってみよう、今年の終りの眺めかも知れない。

普段、あまり利用しない私鉄に乗ると、ああそうかと思うことがある。地名は以前から知っていたが、行ったことがない場所の名がつぎの停車駅としてアナウンスされ、遠い縁つながりのお年寄りの出身地はここだったかと気付いた。そのつぎの大きな団地のどこかには、親しくしている人が住んでいるはずだと、目はずらっと並ぶ大きな建物にその人の姿を探している。

準急となっている電車だが、走っては止まり広い関東平野をとことこ進む。高い建物は後ろに消えて、まだ緑の色が残る稲の切り株がつくつくと並ぶ田圃《たんぼ》が広がって、明るい陽《ひ》を受けた柿の赤い実は重たげである。家の周りを菊の花が彩りをそえていた。

羽生の駅で車を拾う。利根川辺りですすきの茂っている所へ行きたいと言うと「うん、テレビでやってたからね」と先刻承知で、愛想よく走ってくれた。細い脇道を通って土手を上がると利根川であった。土手に立って見る広い河原は上手《かみて》も下手《しもて》も、見渡す限り白い穂波で埋め尽されている。あまりの広さに目は宙をさまよい焦点が定まらない。どの場所から見たら一番美しいすすきが見られるだろうか。あっちかこっちか、河原に下りて、陽に透かして見る穂は絹糸の束のような艶としなやかさがある。逆に陽を背にして立つと、艶よりも白さが際立つ。つるべ落としの光の中で幻想的な白い波にはてしなく誘われ、溺れるような感覚がある。光はどんどん弱まり、足元のかげりが胸のあたりまで上がってきた。もうここにいてはいけない。陽の落ちた後の白い波の寂しさを見ずに河原を離れた。

帰りの車窓に今日の陽が沈む。今夜の雨に濡れたすすきは、明日の朝の光を受けて、一斉に糸のような穂が蓬《ほお》けて種は空に舞い、川を渡る風に乗って流れ、それを追って北からの寒気が季節を冬に変えてゆく。

暮れの買物

一時期、暮れの買物をしに築地の魚河岸に毎年通っていた。ああ、なんとか無事にここまでこられた、今年も終るなあ、という思いであのごちゃごちゃした、物と人込みを掻き分けて歩くのを楽しみにしていた。

なにしろ築地市場の中は広さもあるし、そこに入っている一軒一軒の店数も多い。その上並べられている魚の種類、分量共に、よくもこれほどと感心するくらいにぎっしり詰め込まれている。

入口から何列目かの角に、海老を扱う店があり、その中ほどに鯛などの白身の魚が並べられている所があって、つぎの通りには、イカ、タコ、ナマコ、貝類を売っている。行く度ごとに自分の頭の中に簡略化した地図が出来上がっていく。ようやく勝手がよくなったころに、配置変えが行われて、また一から出直しになる。

それが原因でこのところ、すっかり御無沙汰になってしまった。なにしろ、ここは商売をする人たちのための場所で、素人は邪魔だと言われないまでも、余計者であることに変りはない。そのための短期決戦、買うか買わないかの選択があるだけ。迷ってはいけないところなのである。ちっちゃなガマロを握って欲しい物の数だけ、清水《きよみず》の舞台から飛び下りる勇気がいる。それを思うと、つい気後れがしてぐずぐずしていたら、行きたいなら連れていってあげよう、と言ってくれた人がいて朝の八時に交番の前で待ち合せをした。

年末を控え、相変らず築地の朝は活気が漲《みなぎ》っている。魚や青物を積んだトラックは目的地に向って右往左往し、河岸の名物「ターレット」(小型特殊運搬車)は目いっぱいにエンジンをふかして突っ込んでくる。なにしろ歩道もなければ信号もない場内を凄いスピードで駆け回る。高馬力のエンジンに鉄の甲羅をかぶせただけの台車の上で、ハンドルを握るお兄さんは足を踏ん張って仁王立ちだ。ジャガイモ、キャベツ、ハクサイ、長イモ、リンゴにバナナ、段ボール箱の中身が一目でわかる積み荷の後ろで、手足を広げてガマが張り付いたような姿のおやじさんが怒鳴りながら指図している。びっくりして見ていたら、連れの人は、ああやっていて結構落とし物があるんです。さっき挨拶に寄った警備の詰め所の入口に、おいしそうな生干し大根の束が置いてあったのは、誰かの落とし物だと笑う。生き馬の目を抜く魚河岸のどこかで、あれ干し大根が足りないぞ、と数え直している誰かがいると思うと、そういうヘマを始終する身には共感の持てるおかしさだ。

一足場内に踏み込めば、白く凍って突っ張り返っているマグロ、ぴちぴち跳ねるサイマキ、キンメダイの大きな目玉がぼーっと光り、白黒ぶちのトラフグが上目使いに睨んでいる。「さあー三陸の生ガキ一箱持ってかない、うまいよー」と若い衆が声を張り上げる。くたびれるのも忘れて歩き回り、何時の間にか両手いっぱいの荷物、ここの買物はやっぱり格別、築地の魚河岸は健在だった。

十二支

今年は辰年、昨年の暮れからどっちを向いても、いろんな顔をした辰に出会う。伝統的ないかめしいのから、辰ってこんな丸っこい顔だったかと考えるようなのもある。

十二支のほとんどは、実在の動物が当てはめられていて、寅は虎、申は猿という具合に分かりやすくなっている。今はあまりそういうことを言わなくなったが、昔はよく、子年《ねどし》の人はまめでよく働くと喜ばれ、未《ひつじ》は礼儀正しく穏やかだと好まれる。その年の生き物の特性を、その年生れの人は持つというのだ。いくら何でもそんな馬鹿げたことを、真面目に受け取る人はなくなった。午年《うまどし》生れの人でも気の長い人もあるだろうし、また、せっかちな丑《うし》だってあるに違いない。私のように巳年《みどし》のものは外見があまりいいイメージではない上に、執念深い性格だなどと言われては、たまったもののではない。

面白いのは酉《とり》で、暦や絵馬には、美しい尾長どりや白くてかわいい鶏が描かれ、鳥といってもは雀やカラスを思うことはまずない。ところが、縁起物の熊手を並べて賑わう酉の市が開かれる鷲神社は、鷲の字をおおとりと読む。気安くお酉さまへちょいとお辞儀をして御利益にあずかろうなどと、甘い考えでお参りに出掛けると、鷲に睨まれて尻込みをしてしまいそうだ。

身近な生物の姿を思い浮かべながら、子丑寅と順に数えて五番目の辰は龍である。龍は想像上のもので神秘的な力を持つとされる。雲を起こし風に乗って空を駆け巡り、蛇のようにうねる姿を明らかに見ることはできないが、長く突き出た顎、ぐっとむき出した眼、振り立てた角、つかみかからんばかりに伸ばした手は四本の鋭い鉤爪が生えている。誰が考え出したか知らないが、よくもまあ恐しいもののありったけで飾り立てられている。

龍はそれ自体、水の神の化身と考えられて、日照りには雨乞いをされ、また川のあちこちに祠《ほこら》を建てて洪水を防ぐ手助けを頼まれたりと、やたら頼まれごとが多い。龍に恐しげな顔や姿を想像しながら、何でもかんでもどうぞよろしく願います、と人は勝手なものである。

人にとって水は一日もなくてはならない大切なものだが、水くらい捕え所のないものはない。天から雨となって降ると思えば、地の底から泉となって湧く。一滴の露は木の葉草の葉に宿るかと見れば、再び変じて霞や雲に姿を変えて空に昇る。冬の湯船に浸って温まる心地よさ。夏に飲む氷を浮かべた一杯の水の美味しさ。思えば実に身近である。

もし水が龍であるならば、その変化の不思議、力の大きさ、恵みの豊かさは無限である。神通力をもって神社仏閣を守護する龍は襖や天井にも描かれ、昇り龍、下り龍の飾り柱は瑞祥と仰がれる。人の空想から生れた龍に、今年一年の望みを託して、水の星といわれる地球上に共に住むものの幸せを念じ続けてゆきたいと思う。

橙

年末年始、暖かい日が続いてほのぼのとしたお正月だった。寒に入って澄んだ空を見上げれば、裸になった街路樹の枝が目立つ。冷えて乾き切った風に枝先が小さく揺れて、耳と鼻の頭に冷たさがしみる。冬枯れの景色に暖かい土地を懐しく思った。

去年の暮れに伊豆の河津で、お正月のお供えに飾る橙《だいだい》の摘み取りをしていると聞いて訪ねて行った。昔は玄関、客間、それぞれの部屋に応じてお供えが用意され、大きなお供えの上には橙が載せられ、小さなお供えには代りにきんかんがちょこんと楊《よう》子《じ》で止めてあった。近頃のビニールを被《かぶ》せたお供えはひび割れもなく、青かびが生える心配もないが、どうも形がすっきりしない。橙を飾ったどっしりしたお供えは、滅多にお目にかかれなくなった。

河津川沿いに登った山あいの、南向きの傾斜地に橙が植えてある。三十年を超えた立派な木はこんもりと茂って、まだ緑色をいくらか残している丸い実が枝先に付いている。これがあと半月、お正月にはきれいな橙色に染まる。冬の日の短い時間を惜しんで収穫の作業が進められていた。山懐にある畑は風もなく鋏の音が一つまた一つと摘み取りを告げてゆく。実はへたのきわで切り取られるが、葉二、三枚を付けて摘むことがある。白いお供えの上で緑の葉は実の色と互に引き立てあって、一段と見栄えがする。固い枝が他の実を傷付けないように大きな籠《かご》にそっと入れられた。

この時期、実を摘まずに枝に付けておくと、一度橙色に染まった実が、翌年の夏頃にはまた緑色に戻るのだそうだ。実は一年で落ちずに二年間木に生っているから、代々の名が付いたという話は、もっとも過ぎてちょっと首をかしげたくなるところだが、だいだいに回青橙の字を当てるのは、この性質を指したものと思われる。なぜ信号ではあるまいに、赤くなったり緑に戻ったりするのだろう。橙の木に聞いてみたい気がする。

橙は果汁を料理に使うが酸味が強くて蜜柑《みかん》のように親しい果実とはいえないが、この畑の木は、素人目にもはっきりした特徴を持っていた。枝と実をつなげているへたの周りに、橙色の皮と同質の五弁の星形の座が付いている。座橙という種類だそうだが、何でこういうものが付いたのか、木がまるで自分の実の上に花飾りを付けて、おしゃれをしたのを見て下さい、といっているように見える。橙はなかなか面白いことをする木である。

小学校に上がって初めて十二色のクレヨンの箱の蓋を開けて、色に付けられた名前を読んだ。当時は、ミカン色でもオレンジ色でもなく赤味がかった黄色を橙色と言った。柑橘類の中でも柚子《ゆず》やレモンのように黄色だけのものと違って、橙の色は、温泉から白く湧き上がる湯けむりと共に、伊豆という温暖な土地を表す色として豊かな思いを持たせるものであろう。

山里の犬

奥多摩湖を離れて、なお奥へ向う道は狭く、車は互にすれ違うたび、場所を選んで譲り合いながら、でこぼこと進んでいた。集落のはずれに、炭を焼いている所があると聞いて見せてもらいに行った。車を降りると凍《い》て付いた空気が体中を包んで、思わず身震いする寒さだった。

焚口《たきぐち》から火がかまの奥へ吸い込まれると、鉄板で口をふさぎ、小さい風抜き穴だけ残して周りを囲い、二日がかりで材料を蒸し焼きにする。温度調整をする設備があるわけでもなく、その時の条件を勘と経験だけを頼りに、注意深く作業は進められてゆく。もくもくと白い煙をはいていた煙突から、煙の色はうす青く変り、中の火が安定した状態に落ち着いたことを示し、仕事をしていた人たちも、見ていたこちらも、ほっと気持がほぐれた時だった。

崖のそんな急斜面の上に家があるとは気付かなかった高い所から、いきなり激しくなき立てる犬の声がした。ワンワンワンワンワンと息をついてはまたなきながら、こちらへ駆け降りてくる。びっくりして、どこだどこだと見回すうちに、明るい日の当る細いジグザグの道を白い中型犬がまっしぐらに走ってきた。明らかに、自分の領地の中に不審な者が侵入したことに気付いて、警戒しつつ、こちらを牽制しようと声を上げている。十メートルくらい先でぴたりと止まり、様子を窺いながら低く唸った。下の沢から焚口の周りに打ち水をするために、水を汲んで上がってきた人に、こら、なくんじゃない、と叱られると、彼は耳を伏せてちょっと照れくさそうに尻尾を動かした。そこに居合せた者は、みんな犬好きが揃っていた。犬のちらっと見せた照れた表情に、そんなに怒ってないで、こっちにおいでよ、と口々に声をかけた。彼は戻ろうか、近くまで行ってみようかと警戒しつつ、側まで寄って、なき続けながら興味を持ってこちらを見た。体中、白く硬そうな毛は寒さを防いでびっしり密に生えている。どう見ても血統書などには縁がなく、彼はこの奥多摩の自然の中で生まれ、育ててくれたご主人の家を守って踏ん張っている。それが何とも健気《けなげ》であり、微笑《ほほえ》ましさを誘う。つくづく見るに、体のどこにも余分の脂肪はなく、腰の辺りの引き締まった筋肉は、栄養をうたったドッグフードを常食にはしていなさそうだった。

東京の町中、主人を連れて歩き回っているお行儀のいい、ダルメシアンやゴールデンレトリバーを見慣れた目には、かつて我々の身近にいた昔の犬たちを思い起こさせた。つながれず番犬として、外からの者に向ってなき続け主人に急を知らせた可愛い犬たち。帰りがけに振り返れば、相変らず道の真ん中で踏ん張っている彼は、尾を振って来客として我々を送った。目をつぶると声が聞こえる。ワンワンワンワンワンワンと仰向《あおむ》いた口から白く息がもれる。

冷たい手

冬、小さい子の手は、びっくりするほど冷たい。子供の体温は高いはずだのに、手袋の中の手も、靴の中の足も冷たい。発育中の小さな心臓は、とても手足の先まで温かい血液を送り切れないのかも知れない。

そんな冷えきった手を、よく温めてくれたお婆さんがいた。家へくるなり、小さい私を自分の膝の上に腰かけさせて、またこんなに冷たいお手々で、何をして遊んでいたんですか、どれどれ、とゆっくり両手にくるみ込んで撫でてくれる。その手はいよいよ温かく、こちらの手は何時の間にか冷たさは消えて、同じ温かさになっていた。他の人が同じようにしても、私の手の冷たさが相手に移って、両方とも温かいと感じるようにはならない。あのお婆さんの手は、不思議な温かさのある手であった。

大人になっても手足の冷たさは相変らずだった。お風呂に入って、体が十分温まっても、体を拭く間に、もうつま先から冷える。急いで寝床に入って、うとうとしかけても足の冷たさが気になって眠れない。何とかして温めようと、よく正座をしたまま仰向けに寝て、お尻の下に足を敷いて温めてから、そっと膝を伸ばす。足を縮めているといつまでも温かくならなかった。

冷え症は当人にとって辛いことだが、これが男と女の仲ともなれば、ちょっと味なものでもあるらしい。六代目菊五郎は立役《たちやく》、女形、何でも演じられる芸域の広い、細やかな役づくりに長《た》けた人とされる。艶めいた若い女を演じる舞台の袖で、氷を握って手を冷やした話は有名だ。相手の立役が手を取った時、生温かい手を出されたら、芝居とはいえ百年の恋も醒めはてる。思わず握りしめたくなる冷たさの手をしていてこそ、思いも募ると教えたという。このことは若い女の手の冷たさを熟知した人の言葉であり、また男心を覗かせた心憎さである。とはいえ、緊張のあまり冷や汗べっとりの手で握られたら、ぞっとしてこれまた逃げ出したい思いに駆られるやも知れぬ。ほどよい冷たさとは決めがたいものであろう。

手足の冷えは若い時ほど強く感じるようだ。昨年あたりから、ふと気が付けば、そのことを気にしなくなっている。手袋はポケットに入っているけれど、慌ててはめようとはせずに、どうしようかなあ、などと考えながら歩いていたりする。乾いた冷たい風に体中どこもかさかさして、お勝手仕事のあと、手にも足にも荒れ止めのクリームを塗りながら、ああ、自分も、あのお婆さんのような温かい手足を恵まれる年になったのかなと思った。もし、以前にも増して冷たさを感じるなら、どんなに侘しい気がするだろう。年を取るといろいろな変化が起きる。だが、皺が寄ろうが白髪が増えようが、自分の手や足が温かいことは、年がくれた嬉しい贈物である。

お雛さまのころ

三月上旬、お雛さまのころは湿った雪が降ることがある。寒いのを我慢しているのに、子供も、いや大人さえもあきあきして、しきりに春の暖かさが待たれる。そんな気持を宥《なだ》めるために、この節句があるのかと思う。

お雛さまの飾られている部屋は、赤い毛氈が広がり、濃い色、薄色、金襴と目もあやな美しさが溢れる。内裏様をはじめ、どの人形の顔も白くつややかで、柔和端麗、ほほえみを浮かべてこちらを見ている。いつの世のいかなる身分の人の生活を写しているのか知らないが、今にも声をひそませて笑う楽しげな会話が聞こえてきそうなものだが、ただ華やかなたたずまいがあるばかり、ひっそりと声はない。

供えるものは、室咲きの桃の花、桃の葉と花の色をそのまま染めたような、あられや菱餅、とろりと甘い白酒はこの世の憂いを知らぬ子供の口にやさしい。ひいな遊びと言って小さな子供の成長を祈って形代《かたしろ》を作り、厄払いをしたことから始まった行事は、いつか女の子の夢の祭りになった。現在、昔のように、お雛さまに特別な思い入れを持つ人は少くなって、美しい人形のセットになった。

お雛さまの変遷はさておき、この時期貝のおいしい季節である。なぜそうだったのか分からないが、私の家ではお雛さまのお供えに、貝の入った籠《かご》が供えられていた。主に蛤《はまぐり》とさざえ、他に魚や春の野菜も添えられていたのかも知れないが、残念ながら覚えていない。小さくて海を見たことがなく、自分の握りこぶしより大きな角のあるさざえはしっかり蓋をしめているが、口を下へ傾けておくと、やがて蓋を持ち上げて、ぐうーっと身をのりだしてくる。生身の貝を間近に見て、声も出ないほどびっくりし、あのごつごつの殻の中はどうなっているのだろうと不思議でならなかった。蛤はお吸い物のお椀の中に入っているし、二枚貝の形は平たくて、中がどうなっているか、何となく理解していたけれど、夜、暗い部屋の電気をつけると、蛤の殻の間から半透明の舌が大きくのびて、ことんと音をたてて動き、慌てて殻の中にひゅっと縮む。

お雛さまを見に行くのか、貝をおどかしに行くのが面白いのか分からない。時に貝はぷっと潮を吹き、きゅーうと声を出し、かたんことんと動くたびに、磯の香り、海の匂いを漂わせた。

お雛さまの三日の夜は、子供向きのお膳が用意された。他の御馳走も、それはそれで美味しいが、何といっても蛤のみりん蒸し、さざえのつぼ焼きが楽しみだった。蛤の殻で少しみりんで味付けされたお汁を掬《すく》い、つぼ焼きの中からはみつばの青み、丸いぎんなん、そしてこりこりした角切りのさざえの身が食べても食べてもでてくる。最後に殻をゆすると、こっこっこっこっと、くぐもった音がして、お汁と一緒に残りのおまけが出てきた。あのおいしさは忘れ難い。

舌ったらず

つい数年前まで割合広い空地に、一羽の達者に鳴く鶯がいて、毎年いい声を聞かせてくれた。周りの家には、赤く白く梅が咲き、枝から枝へまめに渡り歩いて春を告げてゆく。

持ち主が変ってそこにはマンションが建ち、それきり鶯の声は、ふっつり絶えてしまった。そうなると、たまに旅先で聞く鶯の声は身に染みて懐しく、つい足が止まってしまう。鶯の鳴き方は思わず聞き入る調べのよさがあると思う。

若い鳥はなかなか上手に囀《さえず》れないが、年を追うごとにめきめき上達し、ケキョケキョと谷渡りという華やかな技巧をこらした鳴き方をする鳥がいる。どの鳥もそんなにいい声で囀るようになれる訳ではないが、空地の鶯は近くの住人をそれなりに楽しませてくれていた。

三月になって、急に暖かい日が続いた。どこかでたどたどしい鳴き声がした。ケチョ、ホケチョ。なんだろう、鶯にしてはあまりに舌ったらずだが、他にこういう調子で鳴く鳥がいるとも思えない。去年どうやって鳴いたっけ忘れちゃったなあ、とぶつぶつ一人ごとを言っているように聞こえる。家の者は、あれが鶯？　随分お粗末な鳴き方だなあ、と笑う。それでもこの辺に住み着いてくれれば、だんだんいい声を聞かせてくれるかも知れない。先を楽しみに待つのも悪くないと気長に聞き流した。

舌ったらずは毎日やってくる。だがホケチョのままちっとも進歩しない。鶯でものみ込みのよくないのも居るのだろうが、気に入った相手に出会えれば、そんな悩みは一挙に解決するかも知れない。三日たち、五日たち、ある朝、ほうほけきょとやわらかな声が、枝から枝へと、こちらに近付いてくる。ああよかった。やっぱり鶯はこうでなきゃ、と手をたたきたかった。そう、長足の進歩じゃないかと家中で聞きほれた。でもどうしちゃったのだろう。びっくりするばかりの変り様だ。恋という魔法はこんなにも利き目があるものかと感心してしまった。

ひとしきり庭の中を渡り歩いて、垣根づたいに声は遠のいてゆく。鶯のいい声にこちらもうきうきして、植木鉢の花に水をやりに外へ出た。水をやり終えて家へ入ろうとした時、また、ホケチョと聞こえる。狐につままれた思いで声のする方を眺めると、ひよ鳥くらいの黒い冴えない鳥が、向いの電柱の上で首をかしげて鳴いている。何だ、この間から鳴いていたのはこの鳥の仕業《しわざ》だったのだ。他の鳥の鳴き真似をする鳥がいることは話に聞くが、目の前で見ようとは思わなかった。それにしても、一杯食わされたという気がする。こっちが鶯の声を聞きたがっているのをあの黒い鳥はどうして知っているのか、さっきのいい声の鶯は本物かしら、あれも偽物じゃあるまいか。春はきまぐれ、いつか声の主の顔が見たい。

左巻き

昔のなぞなぞに「どうやっても結えないものはなに?」と聞くと、「坊さんの頭、髪を剃《そ》っているから結うことができない」と答えるのだが、あれはなかなか手数がかかるものなのだそうだ。青くてすがすがしい頭でいるためには、結構、まめに剃らなければむさくるしくなってしまう。

自分の頭を上から見ることは無理だから、剃刀《かみそり》を使うには、誰かに頼まなければならない。おかしい話だが剃髪して世捨て人になるには、人に頼らなければならないとは、何と不都合なこと、お坊さまの頭は、誰が面倒を見るのだろう。小坊主の役目だとしたら、坊さんの修行は、味噌擂りの次に床屋もしなければいけないのだろうか。

女の人が髪を結わなくなって随分になる。島田や丸髷《まるまげ》をわざわざ日本髪と呼ぶようになったのは、洋髪に対する考えからでた言葉だと思う。

洋髪と日本髪の違いは、髷を結うかどうか、束ねた髪の始末の仕方によるものだ。束ねた髪で髷をどのように変化させるかによって、子供の髪、娘の髪、華やかにも、すっきりも、また豊かにも結い上げて楽しんできたのだ。髪が減って髷を結えなくなると、束ね髪になるが、それでも束ねた先を丸めたり輪にしたりしてまとめた。

洋風の髪もピンやネット、さまざまな小物を使って髪を上へまとめ上げてきた。その名前も時代を映して、日露戦争の激戦地二〇三高地という、定めしまとめた髪の中央は、要塞の如く高々と盛り上げた髪型だったのだろう。大正の末には、行方不明という、全体にふくらみを持たせた髪のしっぽがどこへ行ったか分からない、何とも長閑《のどか》な名前のものもあった。

おばあさんの世代は二〇三高地、お母さんは行方不明、戦後の昭和世代はパーマネント、内まき外まき縦ロール、ウエーブを出したり、くるくるをこしらえたりしてきた。学生時代の三ツ編みの髪を短くして、刺激臭の強い薬品をつけて、洗濯ばさみの親分のようなクリップに電流が流れているもので頭中を止められた。そのままでの一時間の長くて恐しかったこと。人の話では、近所で火事があり、美容師さんたちが火事見物に飛び出してゆき、帰ってきたらお客さんの頭から煙が上がっていたという笑えないような話もあった。

今、町を歩けば、若い女の人の髪は短くカットされ、毛先が更に薄くそいである。頭を小さく足を長く見せる工夫をしているのか。

何年か前から何をするのものろくなって、美容院へ行っている暇が悲しいことに作れない。自分がきれいになるよりは、時間が短くて済むことが何よりだ。櫛でとかして、ぐるぐると捩《ねじ》ってピンで止める。額に髪がかかるのが何よりうっとうしい。どうも私の髪は左巻きになったらしい。

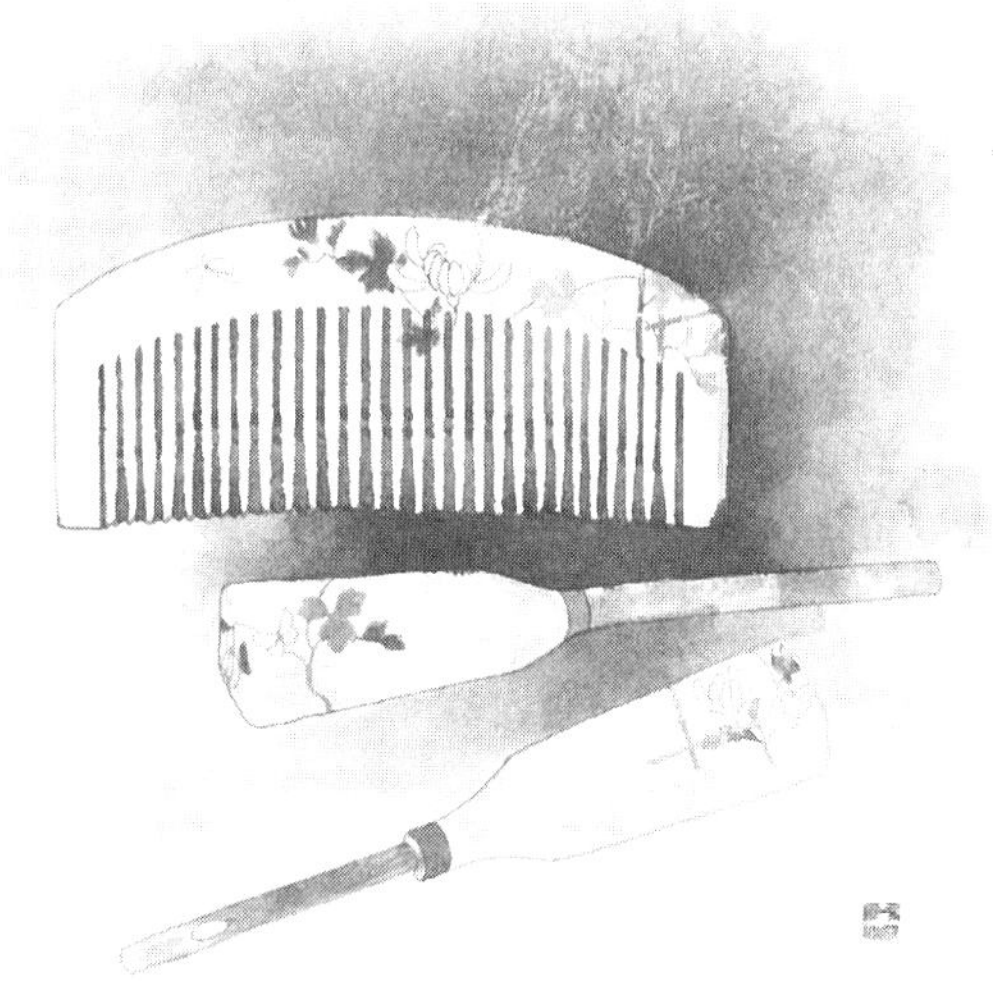

熱帯魚

振り込みをする必要があって銀行へ行った。月末に近く、窓口は次々に番号を呼び、フル回転しているが、少し時間がかかりそうなので、隅の椅子に腰かけて待つことにした。その側に、ガラスの水槽があり、熱帯魚が泳いでいる。玄人好みの珍しい魚を集めたものではなく、誰もがちょっと足を止めて楽しめる、そんな魚が泳いでいた。

ネオンテトラのかがやくブルーと赤の縞は、限られた水槽の中でひと際あざやかだ。この魚は群を作り右に左に敏捷に動き、まとまっては拡がり、また身をひるがえしては集って、飽かず見る人を楽しませる。

ネオンテトラとは、まったく違う動き方をする魚もいる。まるで煙のようなあるかないか分からないような薄い鰭《ひれ》を、せっせと振って泳いでいるのに、ちっとも前へ進まない。何とも効率の悪い泳ぎ方だ。目の前の水槽は、どういう動き方をする魚を、何匹、どう組み合せれば、最も効果的か、よく考えて按配してあるらしかった。磨き上げたような透き通った水、豊富な水草、昔とは比べものにならない手入れのいい水槽を眺めながら、まだ子供が小学校の低学年だった頃を思い浮かべていた。

その日は、学校の近くの銀行へ諸費納入のために行く予定だった。子供は自分もついてゆくと言い出した。彼は親しい友達から、そこに大きな水槽があって、普通の家庭では飼い切れないような魚が、揃えられているという情報を得ていたのだ。銀行の中へ入ると、さっさとお目当ての水槽の所へ行って、額を水槽にくっつけて覗き込み、あっちこっちと眺めて満足そうにしていた。

こちらはカウンターで手続きを済ませ、水槽の方を見ると、彼は年配の案内係らしい人を見上げては、しきりに何か説明しているらしい。何を話しているのか、あまり自分から人に話しかけたりしない子なのに、と思った。

側へ行って、どうしたの、と声をかけると、相手の人は穏やかな話し振りで、いま坊っちゃんが魚のことを話してくれたので、一緒に見てたんですよ、と言い、子供は一匹の魚を指して、あの魚の胸鰭の所に虫がいるのを、そのままにしておくと、駄目になっちゃうよ、とまるで先を見通すような言い方をした。他の魚より大きめの白い魚は、自分のことを言われているのを知っているのか、じっと動かない。魚を掬う網を入れると、さっと動いて逃げ、その時、確かに鰭の付け根にぷつっとしたものが見えた。

帰り道、あの魚、きっと元気になるよね、と子供は晴れた顔を上げた。それは親の思いでもあった。あの時、子供の願いを聞いてくれた人は今、どうしているだろう。元気でいてもらいたいと思った。

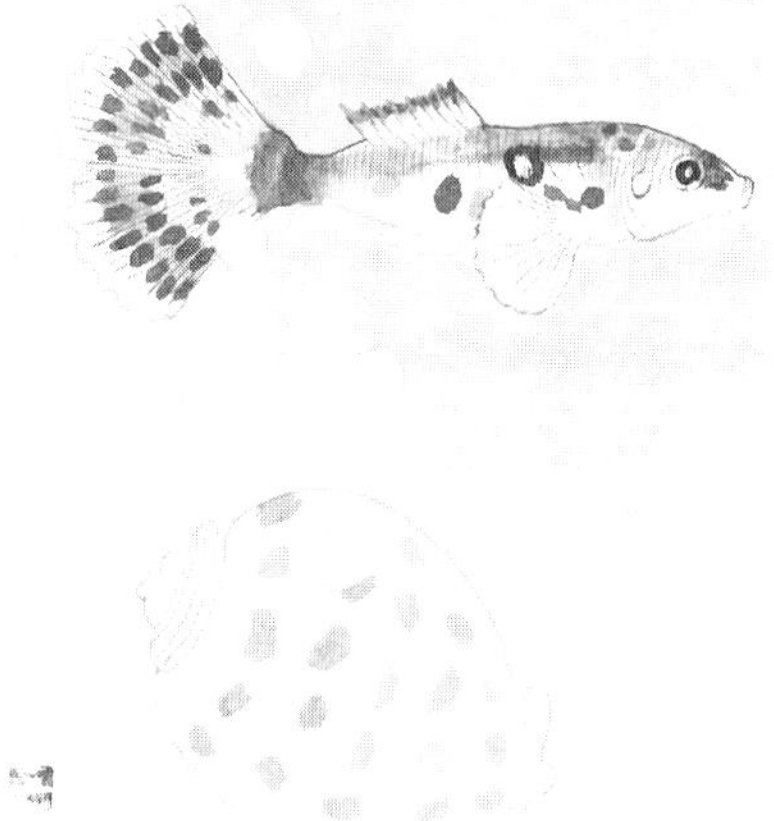

宿り木

三月、大井川筋の山深い谷間の、流れに近い河床は、深閑として静まっていた。渇水期の水は、岩の裾を巡り、浅瀬を流れ蛇行して淀みを作り、またごろごろした石の間を通って細く分かれ、穏やかに流れ下って行く。

V字に切れ込んだ両岸は高く、河床に近い樹木は一定の高さまで伐採されて、いずれこの谷は満々たる水を湛えたダムになるはずである。そのため水没する部分の木は、ダムの障害にならないように、あらかじめ整理され、作業は急ピッチで進み、谷底は意外に明るいからりとした景色であった。

この谷を埋め生い茂っていた木々の中には、伐《き》るにしのびない木が何本かあり、何とか別の場所に移植する計画がたてられていた。山奥の谷で人の目に触れず、長い歳月を過してきた木には、それなりの風格を備えているものがある。かえで、けやき、もみ、山桜などが候補にあげられていたが、実際に谷の傾斜はきつく、移植が可能かどうかは、なかなかむずかしい。筆頭にあげられている桂の木は、この木の来し方を今に見る、姿をしていた。

桂は湿り気の多い土地を好んで生える姿のよい木だが、この木が残される理由は、立派な古木というだけではなく、七種の宿り木を一身に抱えて生きてきたことにある。宿り木が付いた木は養分をそちらに奪われて、元の木は、どんどん衰弱するのが常である。けやき、しきみ、えご、りょうぶ、山つつじ、ふじ、ていかかずら、とこれだけ多くの宿り木を育ててきた木なんて、他にあるだろうか。

まだ枝先の芽は固く、裸木のままのそれぞれの木は、どこがけやきで、どこにえごやりょうぶが付いているのか、搦《から》み合ってとても分からない。ふじやていかかずらは、蔓物で形に特徴があるから、どうにか見分けがつく程度である。中心の桂にしても、一本立ちのすんなりした姿ではなく、既に枯れた部分もあり、何本ものひこばえが株立ちのようになっていた。

桜が終ってどちらを見ても緑が美しい今、小さな丸い形の桂の若葉はのびのびと風にそよぎ、けやきの新芽は霞のように拡がり、しきみの照葉は陽を受けてひときわ艶やかであろう。えごの青い蕾は枝いっぱいに下がり、白い花は爽やかに匂う。つつじの色は赤か、うす紅か、藤の紫の房は重くしだれて、足元を覆うていかかずらは、小さな白い花も葉も控え目だ。

この組み合せは、風に運ばれたり、鳥の落とし種だったり、長い間、さまざまな経過を辿ってここに定着したものだ。桂の根は誰彼の区別なく守り育ててきた。総てが自然のめぐり合せであり、数々の命に頼られた木なのだ。桂自身、何と命強く、今頃は水没をまぬかれた同居人共々、新しい土地で、しなやかに身を保って風に応えていることを願っている。

庭箒

花は次々咲いて、ゆっくり楽しむ暇もなく散ってゆくが、新緑は枝の先に、若い萌黄《もえぎ》色がちらちらしはじめ、春から夏へと爽やかな色の移り変りを、花よりゆるやかに楽しませてくれる。

落葉樹は秋に葉を落とすが、常緑のものは今が新旧交代のとき、みずみずしい新緑の葉かげで、色褪《あ》せた葉は風もないのにほろっと落ちる。さっき掃いたと思ったのに、また何時の間にか塵取りいっぱいになった。

母が元気でいた頃、使っていた庭箒が傷んでいたので、取り換えたらば、古いのを捨ててしまったかと聞かれた。まだありますよと答えたら、せっかく使いよくなったのだから、まだ使うのだという。それはどこにでもある雑なもので、さんざん使われて、束ねてあった穂も抜けてひとかわならび、向こう側が透けて見えるほどになっていた。

これじゃあ一度ですむ所を三度掃かなければならないでしょう、と言うと隅の所に溜まったごみを掃くのに、この痩せ箒は先が利いて、いい具合なのだという。まるで比べものにならないが、筆には、中心にしなやかでいて、しかも腰の強い命毛というい毛を使うと聞いたことがある。雑な安箒にもそれがあるのかと、半分納得し、半分訝《いぶか》しく思ったことがあった。

箒の材料は、ほうき草で、秋、真っ赤に色づいたぼさぼさした茎が、畑の隅などに残されているのを見ることがある。それを束ねたものが草箒だが、一般に市販されているプラスチックの柄が付いているものは何で出来ているのだろう。草だろうか、棕《しゅ》櫚《ろ》の皮だろうか。元も先も同じ太さで、横一文字にばっさり切り揃えてある。だから力は平均にかかるが、つっぱり返って、土に張り付いていた葉などを掻き集めるのには不向きである。その上、腰を折って片手でちょこちょこ掃く姿勢は、私の年になると腰にくる。いっそ屈《かが》まずに竹箒を使うほうが効率がいいのだが、竹箒は広い場所向きである。

家の中は、掃除機や粘着テープ状のものをころがして掃除をするようになって、座敷箒のあがりなどというものは存在しなくなってしまった。何とか使い勝手のいい庭箒を探さなくてはならない。あれこれ考えていて、ふと思い当るものがあった。母が痩せ箒を手放したがらなかったのは、今の私くらいの年ではなかったか。それまで気にもかけずにいたことが、気付けば負担になっている。これは何とかしなければいけない。

仰げば明るい陽ざしに木も草も力いっぱい枝葉を伸ばしている。一年前に芽吹いて豊かな緑を繁らせた葉は、いま足元に散り、それを掃くこちらもぎくしゃくと箒を動かしている。せめて若い枝のようにしなやかな箒はないものか、そうだ西洋の魔女が乗っている魔法の箒、あれはどうだろう。

ケータイ

ケータイ、奇妙な感覚の言葉だと思う。

あれ、鳴ってんの誰のケータイ？　そこに居合せた人達は、腰を浮かせてズボンのお尻をおさえたり、上衣のポケットを探ったり、慌てて鞄を覗いたりする。今や、この小さな器具を携帯電話といわずに、みんなケータイと呼ぶ。携はたずさえる、帯はおびる。どちらもあまり耳にしなくなった古めかしい言葉である。だが細身で手によく馴染むこの電話は、驚くばかりの普及率だ。

若い娘さんは視線を宙に遊ばせながら、こぼれる笑みを浮かべ見えぬ人に語る。学校帰りの男子学生は、友達が話している会話を、電話ごと奪い取って、自分の名も告げずに大声で喋る。人から見れば、大よそどうでもいいようなことを、歩きながら、信号待ちの間も、誰憚《はば》からず続ける。ケータイは楽しいものらしい。

若い人に比べて、仕事がらみの会話の場合は、人の流れを避けて立ち停まり、俯き加減に手短である。

このところ、古くなった家の補修をするために、いろんな業種の職人さんに来てもらっている。大工さんを筆頭に、左官、内装、建具、水道、電気、仕事場でのケータイは、互の連絡に無くてはならない必需品になっている。仕事場でも若い人達は何のためらいもなくケータイを使っているが、親方連中は、それがあると便利にゃ違いないけれど、何だか好きじゃないですね。出来りゃ持ちたくなかったけどと、歯切れの悪い言い方である。あっちこっちから声がかかって商売繁盛、忙し過ぎて困るなんて、結構なお話じゃありませんかと言うと、ケータイを持つきっかけは、親御さんの病気からだという人が多い。

万が一の連絡のために、お医者さんに持つように言われましてね、嫌ともいえず、持てば安心していられるってもんじゃない。何時呼ばれるか、と余計心配になっちゃって、と目を落とした。

仕事盛りは親を見送るときでもあるのだ。ケータイのなかには周りの人に気付かれないように、身震いする機種もあると聞く。仕事中、いきなり胸のポケットの中が震えだしたら、どんなにどきどきするだろう。聞いていて、こちらの胸も切なかった。

生涯に一度の急を知らせる役に立つのだから、ケータイはねぎらいの言葉の一つもかけて貰ってもいいはずだが、その後しばらくは放り出された。この頃周りから持ってないのかと言われて、そうか、普通はそんなふうに安直に使うのかって思いましたよ、どうも変な話をしちゃいましたね。

立ち上がった途端、ケータイが鳴った。照れくさそうに笑った親方は、失礼しますと軽く頭を下げて、はい、いつもお世話になって居ります、とお得意さんと仕事の打ち合せをした。

人はさまざまな思いを遠くにいる相手に瞬時に伝えたい望みを持つ。華奢《きゃしゃ》な姿の割に役立つケータイは、小賢《こざか》しくもあり、また健気にも見える。

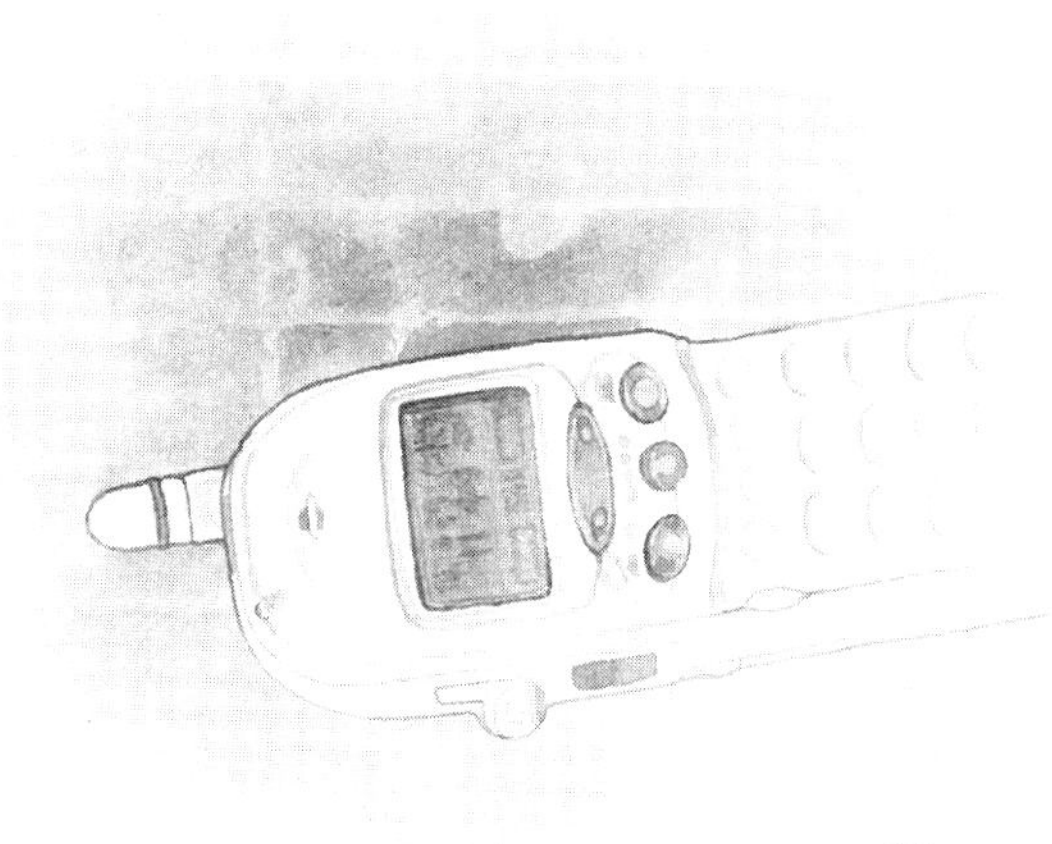

兄弟

古い家の手入れはなかなか面倒なものだ。瓦にひびが入り、何時の間にか壁に雨染みができた。雨の日、雨漏りのあとは、湿気でいっそう色が濃くみえて、屋根板も朽ちてますよ、壁の中も傷んでますよと訴えているような気がした。やっと重い腰を上げて、何とか今の生活にあったスペースの改造をした。

私共の改造を手掛けてくれた監督さんは、男の子三人の父親で、大学と高校二人の子供達に、今のところ、自分と同じ仕事を継がせようとは思っていないらしい。だが、父親が今度造っているのは、こういう家なのだと見せておきたいのか、仕事の邪魔にならない日に高校生の二人を連れてきて、私の引っ越しの手伝いやら残材の始末などをしてくれる。

息子達は、職人さんとの付合いの多い家での育ちらしく、入ってきてきちんと、今日はと挨拶をし、手伝うことがあれば、労を惜しまない。なるほど父親が自慢したくなるのもうなずける気がした。とは言っても、今の若者の面目も躍如としていて、仕上げにかかっている部屋のあちこちを見廻して、二人でひそひそ話し合っていたが、何であそこの戸はあんなふうにしてあるの、止めたら? と遠慮のない口を利いて親を慌てさせる。そこの場所の納まりに父親は手を焼いていたのだ。そして三時のお茶になれば、自分の好きなものにさっさと手を出して、半人前なのだから他の人達に勧めてからでなければだめだぞ、とたしなめられて首をすくめている。でも悪びれずにひと言、頂きます、といって満足そうに頬ばった。

年の近い兄弟は、時に兄は年上面《づら》をして弟をむかっとさせるし、弟は兄貴を出し抜いてやろうと躍起になっている。互に小競り合いを繰り返しつつ、兄貴の失敗は弟の注意を促し、弟の立ち往生は経験のある兄が助ける。当人同士は気付いていないが、兄弟の利点はいっそう二人をのびやかにさせていた。

自分の子供が成人して、この年齢の、大人でもなく子供でもない二人の姿は久し振りに新鮮であった。この時期が親が生活的なルールを教えられる最後の機会であろう。それを逃せば、親が似てもらいたくない欠点ばかり子供は身につけてしまうようである。

せっかくの休日を父親につかまって、兄弟は一日中、面白くない手伝いをさせられた。それでも帰り際、また重い物があったら声かけて下さい、手伝います、と二人揃って挨拶をした。父親の車の後部座席から、兄弟は大きく手を振って、さよなら、また来ますと元気な笑顔で帰って行った。きっと彼等は、頼めば遊びたい時間をやりくりしてでも来てくれるに違いない。その気持は素直に信頼できる。だがその折に恵まれるか否かは計り難い。彼等の上り坂の道と、私のこれから辿る道と重なる時があるのかどうか、そんなことを思わずに、また来ますと言う若さが爽やかだった。

過ぎた時

六枚のはがき

春のそら

障子に差す陽は白く、日々力を増してきた。鳥たちもどんどん早起きになって、ひとしきり餌を探し、今はくつろぎの時間になったのだろう。

雀はお気に入りの木があって、親類友人群れの全部が、一本の木に寄り合っておしゃべりを始める。一羽がちっちっちっと呼ぶと、ちゅんちゅんと次々に寄ってきて、あとはあたりかまわず、あきれるばかりの賑やかさである。一体なにを喋っているのか、つい邪魔をしては悪いと思いつつ、そっと覗いた。姿は葉に隠れてはっきりしないが、枝から枝へひっきりなしに動いて、木はくすぐったくて笑い声をあげているようだ。と、何に驚いたか一斉に飛んで離れていった。

雀の消えていった空は、やわらかい春の色が拡がっている。その中をまっ白な鷺が、一直線に横切ってゆく。鷺はいつもたったひとりで、広い空を目指す所に向って飛ぶ。その行く先に待つ鷺ありやと問うてみたい。木立の繁る高い空には、二羽の鳶が付いたり離れたり縺《もつ》れ合いながら旋回しつづけていた。

何時からか空を眺めるようになった。そこに見るものはなくても、この世にあるなしを問わず、あれこれ懐しくおもう想いがある。

緑光る

庭の真中に、木を一本植えて行った人がいた。それは落葉樹の苗木で、まだ花も付けず葉も紡錘形の特に珍しい木ではなかった。ただ、葉柄がある桜くらいの大きさの葉は、少し風が吹くとしなやかに揺れて、木、全体を柔らかく見せていた。

茶の間は磨りガラスがはめてある。半透明のガラスの向こう側にこの木があり、ときに草花の色がまじり、その日のお天気によって、ぼんやりした緑の濃淡が浮いたり陰ったりするのがたのしいと思っていた。

部屋の中でふと、俯いていた顔を上げるとガラスに触れるほど伸びてきた枝は、葉の何枚かが動いているのが分かる、そんな日だった。動いている緑の中に白く映るものが目に止まった。何だろう。あの木の葉裏は白かったかな、そんなはずはないがと目でしばらくちらちらするものを眺めていたが、とうとう我慢していられなくなって戸を開けた。木は機嫌よく風に応えて、枝先の葉は限りなく弧を描き続けて、白いものは何もない。

じっと座って目を凝らした。ガラスの向こうの葉は緑、だが動く瞬間、間違いなく白く光った。この葉のようにつやのない柔らかいものでも、初夏の空の下、白く光を放つことを、曇ったガラスは鮮やかに告げていた。

夏の夜

土用の頃の暑さは、夜になっても治まらない。すだれ、打水、風鈴、金魚鉢、何とか涼しさを誘う工夫をする。かき氷、西瓜舟、口あたりよく冷たいものは、お腹をこわすと夜は食べさせてもらえない。私の子供だった時の夏の夜のたのしみといえば、大方、線香花火か影絵くらい、それも幾日か続くとあきてしまう。そんなとき、夜店で廻り燈籠を買ってもらった。

廻り燈籠は部屋を暗くしなければはっきり映らない。はやばや布団を敷き、蚊帳を吊る。白い麻の蚊帳は裾が水色で部屋中波のように拡がり、吊手の環がふれ合うと涼し気な音をたてた。蚊帳に寄ってくる虫をうちわであおいでから、すばやく中へ滑り込む。広い蚊帳は手足を伸ばしても、いやな虫がこない安心な場所だった。

縁側に置かれた廻り燈籠のろうそくに火がともされると、やがてゆっくり絵が廻り始める。編み笠をかぶって踊る女《ひと》、裾を端折ったいなせな若い衆、遠くに花火が上がり子供と犬が走ってゆく。赤と緑と黄色の光がすいすい流れる。腹這いになって絵を追ううちに、肘が疲れてごろりと上を見た。そこには天井いっぱい不思議にゆがんだ影が、伸びたり縮んだり、ゆらりゆらりと踊っていた。そのまま楽しく誘われていつか辿った夢の中。

豊かな川

ふとしたことから盛岡に招《よ》ばれた。知らない土地は、何もかも目新しく、山の姿森の色に心が引き付けられる。朝方ざっとひと雨降ったあとはまだ乾かず、木の葉は雫がきらきら光っていた。

盛岡の町は北上川が流れる。駅のすぐ近くで、雫石川、中津川が東西から合流して、更に南へ流れてゆく。

町の中を流れる川の一つは石垣を築き、その裾は深く護岸が施されている。勢いよく流れる水面は強くうねり、水底は岩が複雑な流れを作っていると思われた。向こう岸の上からこんもりと見事な萩の枝が、川に身を乗り出すように繁って、名残の花がほろほろと水に落ち、またたく間に流れ去る。枝の花も水に浮く花も二つながら美しい。

中津川の河原は広く、流れはやはり早いもののさほどの深さはなく、秋には鮭が産卵のため遡上するという。春、雪どけの流れに乗った稚魚は、北の海を遥かに回遊して、立派な成魚となって生れた川を目指す。なぜ他の川でなく故郷なのか。鮭は自分が命を授けられた水を慕って力の限りを尽して川を上る。つぎの命を生れた川に託せば雄雌共に己は終る。つくづく鮭は一途な愛しい魚だ。花にも魚にもやさしい川はそこに住む人の心も集めて豊かに流れていた。

冬ごもり

冬至は一年の中で、昼が最も短く夜が長いと言われるが、これは住む場所によって違いがある。私などはこの日から、いよいよ冬の夜長が始まるという気がする。

灯ともし頃の木枯しに追われて、家の玄関に入ると、風の冷たさから逃れ、ほっと肩の力が抜ける。手は自然に、しっかり巻いた襟巻やコートの打ち合せを緩《ゆる》める。そして茶の間、ここは一日中あたたかさが絶えることなく保たれている場所だった。

昔はその家を守る女主人、母親やおばあさんが、大きな火鉢の火を上手に継ぎ足して、鉄瓶の湯はいつでも帰ってきた者に、熱いお茶が飲める用意がしてあった。炭取、火箸、灰ならし、火鉢の灰は暖かい日の午前中に、埃を立てずにそっとふるいをかけておく。まるで炭火がふんわり布団を着せかけてもらったようにきれいにならされていた。

部屋の隅には厚手の木綿の風呂敷に、鹿の子の赤い長襦袢、やさしい色の友禅や地味な絣が包まれている。夕御飯の後、さらに大きな切炭をいけて炭火のそばにこてを差し込む。指先をちょっとなめて焼けたこてをじゅっといわせ、縫目にそって仕上の火のしがかけられる。

冬ごもりの部屋の中で新しい年が待たれている。

寒明けのころ

細かい雪が風に舞って、道の向こうが見えないほどの雪を、東京では滅多に見なくなった。ただ、時に春を誘う湿りけが雪になることがある。どんよりした空からみぞれ混りの雪が降ってくる。暦は春を告げているが、外はまだ寒く冬である。庭の木の葉はかじかんで埃をかぶって生気がない。わずかに椿の枝の蕾が赤く色付いた上にも雪が降って、花はこごえてしまいそうだ。

そんな時、伊豆へ行った。目は車窓に蜜柑のあたたかな色を捉え、所どころに温泉の湯けむりの上がるのを見れば、思いはすでに湯にひたった緩みを持つ。風は頬に冷たいが空気はしっとり柔らかい。土も石も黒く、霜枯れた草でさえ残る色があり、根元は早くも緑の若く萌え立つ気配を抱えている。

南にのびた伊豆半島は、ゆずり葉、たらよう、さんご樹など照葉樹が多い。葉は厚く大きくつややかで濃い緑色は、たった今、顔を洗ったばかりというみずみずしさである。

別荘風の家の庭には赤く白く、大輪の椿が咲き競い、絞りの花の美しさは立ち去り難いものがある。爪先き上りの道を辿れば、藪椿が、すんなりした幹を連ね、それは又、可憐な花である。

河のへのつらつら椿つらつらに　見れども飽かず巨勢《こせ》の春野は

万葉の昔は知るよしも無いが、こんな懐しい眺めであったろうか。

小石川ひと昔

一日一日と過ぎた日が、一年にまとまるのはほんとうに早い。今年も四分の一が過ぎて春の盛りになった。私がいま、東京に住んでいなかったならば、多分、こういうものは書かなかったと思う。仕合せなことに、住み続けていたからこそその折が得られた。

震災後大正の末から、私共は祖父、母、私達夫婦、子供達と四代、八十年近く小石川に住んできた。これだけ長く同じ所に住めば、多少のことで他所《よそ》の土地へ動こうなどと考えず、終るまで住むつもりで過してきた。

しかし東京という土地の変化の激しさは、火災、地震などの災害で、直接住む所を失うのではなく、経済の変動によって住むことが不可能になったり、目の前にビルが建って普通の家に住んでいられなくなりもする。

人は年を取ると、自然の明るさ暖かさが欲しい。自分自身、陽《ひ》当りということにこれほど執着が強いとは思わなかった。冬の日は短い。一日中、家に居る者にとってビルの陰になるのは辛い。照明と暖房で補ないがつくと、理屈では分かっていても不安であった。お天道様と米の飯は必ず付いて廻るというのは昔のこと、何とか食べつないでお天道様の拝める場所を探そうと真面目に考えた。だが不景気のお蔭で、ビルは高くならず我慢できる範囲で救われた思いである。しかし何時また今度のような目にあわないとは限らない。そうなった時、穏やかに過ぎてきた時間を振り返っている余裕はないだろう。何代住もうと、住み続けた親しみや懐しさだけでは、保ちきれないこともある。それを考えると、記憶にある六十年あまりの、私が過してきた取るに足りないことを、振り返ってみるよい機会なのかも知れないと考え直した。

地下鉄丸ノ内線の後楽園の駅は地上にある。片方は文京区役所のあるシビックセンター、一方は遊園地、東京ドームを間近に眺めることができる。道は水道橋から白山へ走り、交差する十字路は、本郷台から下りて谷になる所から向い側の富坂を上る。上り切った小石川台地の東側は、徳川家の菩提寺伝通院で、この界隈は寺領地であった。伝通院一帯は昭和二十年五月二十五日の空襲で焼け、現在は戦後再度建て直され、今はすっきりした本堂が正面にあり、奥の墓地には、家康の生母於大の方や千姫の昔風なお墓がある。手入れの行き届いた境内は、参道の石畳の両側に桜が植えてある。場所柄、酒気は御法度だが、その代り酔うに充分な美しい桜を見ることができる。

戦争で焼ける前の山門は二階建ての楼門で、それだけでも立派だったが、本堂、鐘楼、経蔵、客殿、庫裡《くり》などが、雨除けの屋根のある二階の回廊で、ぐるっとつながられ、土を踏まずに読経しながら巡り歩けるようになっていた。お彼岸だったか特別な仏様の御回向がある時か分からないが、反り橋になった回廊を身分の高いお坊様が、目もあやな袈裟《けさ》、衣を纏《まと》い大勢の墨染めの人達を従え、しずしずと本堂から繰り出してくる。まるで絵巻物のような華麗なお行列を、おぶわれて仰ぎ見た覚えがある。

毎年五月のよい季節には、植木市が開かれる。以前は大そうな賑わいで、境内は元より表の電車通りまで車止めをして、根巻きをした大きな庭木や、一人では動かせないような鉢植えの藤など、通り歩きができないほど沢山の植木が並び、威勢のいい植木屋さんが勢揃いしていた。朝は陽に映え夜は裸電球の光を受けて、人も植木も夢のように美しかった。

小石川という所は、お寺と学校が多い。おしゃれなものや、美味しいものには縁がないそうだ。それでも伝通院ほどのお寺なら、立派な御仏事やお墓参りのあと、遠方からのお客様を、そのまま帰すわけにはゆかない。お精進落としに山門のそばに、黒板塀の大きなお茶屋さんがあった。夕方になると軒燈に灯が入り、きれいに粧《けわ》ったおねえさん達が揃いの柔らかものの前掛けで、お客様のお迎えにずらりと並ぶと、そこだけ浮き上った華やかな雰囲気が漂う。脇の俥宿にはきりっとした身拵えの若い衆が、帰るお客を乗せて梶棒を上げ小気味よく走り去る。この地味な土地に昭和の初め頃こんな風情があったのは、思えば不思議な気がする。

その三軒先に煙草も売っている小さなお煎餅屋さんの珍味堂があった。洗い晒しの紺の十の字絣の上張を着たしゃっきりしたお婆さんが、時々炉に炭をかんかん熾《おこ》して、長い金箸で、お煎餅を手まめにひっくり返して焼いていた。祖父はこの人が贔屓《ひいき》で、雪衣というごく薄い角切のあられを買いにゆかせられる。一緒に買ってくる刻みは決って白梅であった。

電車通りの角は雑誌を売っている誠文堂、「新青年」や私の大好きな「のらくろ」を買うお店だ。

通りの向い側は糸屋さんで、ここの主人は入れ歯が合わない。黒っぽい細縞の着物にねずみ色のセルの前掛けをしめて、にこりともしないで座っている。近所の娘達は、この老人に何とか三十銭と言わせようと企む。はい、木綿の針と糸でチャンジュッチェン。女の子達は目配せし合い、外へ出るなり笑い転げる。たまにおばさんがにこにこ出てきてがっかり、無いものねだりを言うと、それを承知のおばさんは、お生憎さまで、と澄ましている。楽しみのほんとに少い世の中での他愛ない笑いだった。

伝通院前の電車通りから、南へ安藤坂という勾配の急な坂が大曲の白鳥橋のたもとへ下りてゆく。外濠を廻って永田町小学校へ通うために毎日、停留所で電車を待つ、冬の寒い朝、角のお豆腐屋さんだけが、燈をつけて仕事をしている。大きな桶におからがいっぱい湯気を立て、お釜や道具を洗っているおやじさんの手は真っ赤だが、お豆腐を作ったお湯は温かそうだった。あのお湯をもらって廊下を拭くとつるつるになるというのでやってみたかったが、下校の時には店は半分閉まっていた。

その左隣は古びた写真館で、大正末に母が二十一歳、結核と診断された弟と二人で後の記念にと撮った写真がある。その翌年、十九歳で弟は亡くなり、すっかり変色して輪郭だけ影絵のようになった写真だけが残っている。

その先の、大きな礫川《れきせん》堂という本屋さんは、樋口一葉さんの妹さんの樋口邦子さん御夫妻が持っていらっしゃったお店である。祖父や母が、震災後、向島から小石川へ移る時、借家がなかなか見付からず、樋口さんのお世話になったと聞いている。邦子さんは、祖父の話によれば、色白く、唇紅く、鼻筋の通った美しい方で、錐の如き才の持ち主でありながら、御自分は筆を執らず、一葉さんの作品を世に出すことに尽されたという。礫川堂に本の取り寄せを頼んで、それを受け取りにお使いにゆくことがあった。もう、その頃は邦子さんはおいでではなく、美しい方をお見かけできなかったのは惜しいことであった。

表通りから住宅地に入った細い道に礫川小学校が今もある。学校の端に、昔、畳二帖ほどのカラス堂という店が、学校用のノートや鉛筆を売っていた。ここは子供の社交場、持っていてはいけないはずのべい独楽《ごま》、メンコ、ゴム鉄砲があめ玉と一緒にちゃんと置かれていた。

伝通院の右隣り、淑徳学園は女子の中学高校で、以前は朝礼の時、南無阿弥陀仏とお唱名が聞こえこの学校の創立の志を伝えていた。校章は撫子、今は時折、バスケット全国大会出場という垂れ幕が元気よく掲げられている。

そのまま道はゆるやかに下って、道の真ん中に椋《むく》の古木が生えている。この木の前の角の家に、昭和二年から祖父は住むようになった。家の玄関は通りから横に入った所にあって、本屋仲間には祖父のことを親しみをこめて横町の隠居と呼ぶ人があった。

この横町には、一時期、三軒の幸田が表札を出していた。角の家が祖父、二軒先に本家の幸田、これは祖父の甥の家族、通りの奥に結婚して三年目の私の母の世帯があった。一つの通りに三軒同じ姓のつながりのある家があっては郵便配達さんは困っただろう。近所では、角の幸田、中の幸田、奥の幸田と呼び分けていた。

中の幸田の家は、明治四十年頃、祖父の二人の妹が次々に住み、関東大震災の時には、椋の木の下に余震が治まるまで難を避けたという。それ以後は、本家の幸田が住んでいたと考えられる。

祖父が生れた所は下谷三枚橋、今の上野あたり、大政奉還の混乱で上野のお山に鉄砲の玉が飛び交うなか、ひきつけを起こした。お医者さまも来てくれず、母親のお猷《ゆう》さまに心配をおかけ申したと祖父は自分が生れた時のことを思う時に必ずこう言って悲しんでいた。祖父の兄弟は仲がよく、歩いて往き来できる場所を選んだのではなかろうか。上野、神田、谷中、築地、向島、小石川と交通手段の限られた世の中で、離れて住むことは、しなかったのだ。

この横町の奥に母が住んでいた時期は三年ほどで短かったが、新世帯は活気に満ちた穏やかな日々が過ぎていた。

まだ会社や企業が少く、仕事を持つ人は一家の主で、小学校を出た若い者は、商家の小僧さんや家事手伝いの女中さんになって、さまざまな場所で働いていた。

春、陽気がよくなると共に、新しい働き口を求めて人の出入りがある。仲立ちの人に連れられて、おどおどとその家の様子を伏目がちに見ていた娘も、一ヵ月もすればすっかり馴れて活発に働き、周囲の状況に適応する。何もが目新しく、また、箸がこけても可笑しい年頃だ。

男の子も米屋さん、魚屋さんの生活や、近所との関係を早くものみ込んで、先輩に従い御用聞きの大福帳を持たされて見習いが始まる。木戸を入って目を上げた途端、相手の自分に持った気持を見抜き、何だい、馬鹿にするな、と反発したり、ここの小母さん、よさそうな人だな、と心がやわらいだりする。何といっても若い、目はさまざまな感情を吸収し、心身共に伸び盛りである。

一人っ子の私には小学校を出たばかりのおきねさんというお守さんが付いた。くりくりした目、明るい性格は皆に可愛がられた。前からいたしっかり者のお千代さんもつられてにこにこする。そうなれば御用聞きの連中は、御機嫌を取ったり、からかったり、お勝手口は賑やかになった。今に比べて若い人の交際に世の中はきびしかったが、千代さんは手堅い商家のお上さんになったし、おきねさんも世帯を持って、今でも問い訪ねをしてくれる。魚屋さんの若い衆だった朝ちゃんは、戦争中、苛酷な潜水艦勤務のなか、千代さんみたいなお嫁さんを貰いたいと思いつづけて、いい縁を持ったと知らせがきた。

母はその頃を振り返って、仕立て甲斐のある人達だったねえ、と喜んでいた。

椋の木を通り過ぎると左側に、沢蔵司稲荷がある。昔、伝通院の学僧に、沢蔵司というお坊さんが居た。おそばが好きで、ちょいちょい表通りのおそば屋さんにおそばを食べにくる。食べ終って帰っていった後で、気がつくと確かに受け取ったはずのお金が、木の葉に変っている。主人はおかしいと思ったが、気が付かないふりをして、おそばを作りつづけた。或る夜の夢に沢蔵司が現れ、長年の修行が満願に達し、元の姿に還ることを告げ、そばの供養にあずかったことを謝して、商売繁盛を約束したという言伝えがある。それ以来、今もこのそば屋さんは朝一番に作りたてのおそばを供えに、自転車でお稲荷さんにやってくる。二十世紀に生きているなかなかたのしいお伽噺《とぎばなし》である。

お稲荷さんから坂はぐんと急に下りてゆく。坂の中ほどに、長野の善光寺さんの別院があるところから、この坂は善光寺坂と呼ばれている。土地の腕白達はこの急な坂を自転車のブレーキを使わずに滑走するのが自慢の種だったが、近頃、気付けば坂の下から漕ぎ登って筋力アップを試みる格好の場所に変ってきた。

伝通院は浄土宗の教えによって建立されたが、長野の善光寺も同じ宗派に属する。二寺の間に交流があり、伝通院のそばに善光寺の分院が設けられ、俗世から離れたいと願う女人の救済が行われ、尼僧としての教育も授けられたものと思われる。善光寺にも沢蔵司稲荷にも、白衣に墨染めの腰衣を着けた尼さんが朝夕の勤行《ごんぎょう》に励む姿があった。

今まで、なぜこの場所に善光寺があるのかと考えたこともなかったが、このあたり一帯は、多くの尼僧の願いを聞き、女性を守ってきた土地であったかと改めて感じた。

善光寺坂を下り切った商店街は柳町といった。小石川台地の裾を流れる千川沿いに柳が植えられていたのだろう。土地が低く溝川が流れ、それぞれの家の台所からの廃水が、道の両側のどぶに流れ込んで、季節の変り目にはどぶ特有の臭気が立つ。月に何度か決めた日にはどぶ浚《さら》いをした。

通りや横丁の奥の方から順に掃除がはじめられる。これぱかりは排水のために傾斜がつけてあるから、自分勝手は許されない。通りの奥に住む者は、他の用はあと廻しにして、さっさと自分の家の前をきれいにする。それでも下水の本管に近い家は掃除の進み具合を確かめに出たり入ったり落ち着かない。どぶのへりに引き上げられたどぶどろの中に、夏はぼうふらがうごめき異臭を放つ。

一本のどぶに連なる隣同士の関係は、互に迷惑をかけないように最も気を遣う作業であり、お互さまという言葉のやりとりで保たれてゆくものであった。

千川通りを上手《かみて》にゆくと、小石川植物園の木々が繁り、それに向い合って共同印刷の工場がある。この土地の最も大きな産業で、印刷につながる製本、製函、多様な業種が互に入り組んで出版の底辺を、下請け、孫請け家内労働、低賃金で支えてきた。表通り一本入ると、軒の低い家の中からがしゃがしゃと追い立てるような機械の響きが伝り、折り上げた雑誌の束が戸口に積んである。活気があるようで、懐は苦しく、かつがつといっぱいの長年見なれた生活は相変らず続いている。

変ったのは、砲兵工廠《こうしょう》の、人を近付かせぬ塀に囲われた敷地の一部が、後楽園遊園地になったことである。戦時中、高射砲陣地が築かれ、空襲に備えられたが、砲弾は敵機に届かず、発射した弾は地上に被害をもたらしたと、悪口にさらされた。

千川は暗渠《あんきょ》になり柳町のどぶが溢れることもなくなった。水道橋のかかる神田川へ、姿も見せず合流する。

時の歌

また風が冷えて、ゆるみかけた桜の蕾も、今日はまだ咲こうとしない。じれったいような、早く咲いて散ってしまうのは惜しいような気分である。

小学校一年生で習った国語の教科書は、ハナ、ハト、マメ、ではなく、サイタ、サイタ、サクラガサイタ、であった。教える先生も教えられる生徒にも、何の愁いもなく春はあたたかく、心弾む季節だった。

歌は世につれ、世は歌につれというが、その頃はやっていたのは、桜音頭、東京音頭が互に競って相乗効果をあげていた。東京音頭の少しメランコリックな、踊りおどるなら、チョイト東京音頭、というのは、東京なら今でも少々黴《かび》くさくはなったが盆踊りで聞くことができるけれど、桜音頭はとんと聞かれなくなった。こちらは底抜けに明るくて、ヤットサノサと調子のいい掛け声が入る。それが国語の教科書の、サイタサイタサクラガサイタで終っているのは、忘れ物をしたようで、なぜ、ヤットサノサと言ってはいけないのかと不満であった。ちょうど西條八十、中山晋平の最盛期、作詞者、作曲者の好みもあったのだと思うが、歌い手も芸者さん出の市丸、勝太郎のきれい所が人気の頂点に立っていた。この時期の歌は面白いことに、ハアーと歌い出すものが多く、そこからハー太郎という何ともいえないニュアンスがある言葉が生れた。やがて起こる戦争を前に、どこまでも明るく屈託のない節廻しをみんなが歌った。歌うも、つれて囃《はや》すも、すべてハー太郎であった。

何しろ六十年前の流行歌、あっちこっち、ごっちゃになって思い出せない。改めて調べてみて、あれ？　と思った。咲いた桜になぜ駒つなぐという一節が私の知らない歌詞になっていた。戦争向けに変えられたか、囃子言葉を掛け合いで歌う、盛り上がる楽しさがあった歌だったのに、今、桜の下でこの歌を聞くことはない。

流行歌の東京音頭は、盆踊りと結び付いて、町内親睦に一役かって、これからも歌われるかも知れない。しかし、当時の東京に市歌があったことは、忘れられたというより、そんな歌があったのかと、知らない方が多いであろう。どういう行きがかりから、小学校の五年だった頃、唱歌の時間に特別に教えられたのだ。多分、東京市政何年という節目を祝う式が学校で行われたためだったかと思う。以後、歌ったことも、歌われるのを聞くこともなかったのに、割合はっきり覚えている。曲の持つ旋律が軽快であり、先生がよく教えて下さったこともあって、懐しい歌である。

歌のはじめは、紫におい し武蔵の野辺に、となっている。紫という美しい色を持つ草が生い繁る広大な原野の風景が歌われ、次いで高楼《たかどの》はるかにつらなりそびえ、都のどよみはうずまき響く、とつづいてゆく。

当時の子供の目から見れば、東京中、国会議事堂より高いものはなく、三階建ての学校が高楼だと想像していた。都のどよみはうずまき響く、これは理解しがたく、せいぜい銀座あたりの賑やかさを思い描いて、それでも声をあげ胸を張って歌った。その五年後、空襲により東京は焼け野原となり、市から都に変って再び歩みはじめた。

東京市歌を歌った時から、およそ六十年、東京は想像を遥かに超えた都市になった。日々目の前で起きた変貌は理解してきたが、三年ほど前のちょうど今頃、花に誘われて吾妻橋から水上バスで臨海部のビッグサイトの展望台に登った時の思いは忘れがたい。そこには千二百万の人口を抱える街の姿があった。林立する高層ビル、二十四時間地なりのような音を立てて高速道路を疾走する車、ひっきりなしに飛び立つ航空機、波を切って入港する船、これこそ、都のどよみであると感じて、思わず紫におい し武蔵の野辺にと口ずさまずにはいられなかった。この歌の終りは力をあわせていざわが友よ我等の都にかがやきそえんと歌っている。

巳年の春

昔はお正月とともに、若い娘もおじいさんおばあさんも、みんないっせいに年を重ねた。小さい子供はことに一つ大きくなって、親類うちの子供同士の仲間に入れてもらえたり、少し離れた大きな本屋さんに一人で行けるなどの、ほんのわずかなことではあるが、一つ年が増えることの意味は大きく、お正月は待たれることであった。

戦後、満年齢が基準になって、お誕生日前の子供は零歳児という言い方になった。合理的ではあるが、員数外のような、せっかく生れてきたのに、なにかさみしい言い方だと思う。お正月に年を重ねる習慣がなくなったことは、新年という感覚も希薄になって、一年の計を元旦に立てる気迫など、とうの昔になくなってしまった。

「今年は巳年、あなた年女でしょう」

と言われて、はあー？　という気がした。年女というと娘ではなく磨き上げた女盛りの、錦絵から抜け出てきたような女《ひと》を思う。十二の倍数に当るそれぞれの自分の姿を思い返してみて、そんな年は一度もなかったなあという気がする。なぜか知らないが年女は粋でなくちゃつまらない。年男のほうは好々爺でも文句はないが、年女が総入れ歯で福豆をばりばり食べたりするのはどうも、ちょっとご勘弁いただきたい。

自分の生れた年だから悪く言いたくないけれど、巳は蛇と考えられている。あまり好きな生き物ではないし、前年の辰は龍で、龍頭蛇尾という言葉から連想すると、なんだかつけたりの感がある。私の母は辰年で天まで昇る勢いのよさで、からっとした性格だったが、私のほうはぞろぞろ地面をはい回って、なんのためか柄にもなく木登りなんかしては、時にぼとっとおっこちたり、冴えないことこの上ない。その上執念深い性格だなどと言われてはたまらない。巳はお金に縁があるという人がいるけれど、ついぞこの年までそんないい目には出合わない。たまたまその年に生れ合せたというまでで、お金に縁もないけれど、そんなに嫌われるほど執念深くもないと自らなぐさめている。

昔の人は今より短命だったから、四十二の厄年を越してつぎの六十まで達者なら、赤いちゃんちゃんこで還暦を祝った。古めかしい数の取り方に干支《えと》というのがあって、甲乙丙丁と十の数が割り当ててある。私の小学生だったころは成績はそれが使われていた。七十五点以上は甲、五十点以上は乙、それ以下の丙が付いたら落第の憂き目を覚悟しなければならなかった。そうはいってもまずそんなことはなくて、実に大まかな通信簿は懐しくさえある。この十干《じっかん》と、子、丑、寅という十二支の組み合せが五回めぐると六十年の還暦で、自分の生れた年の組み合せにかえる。いわゆる本卦《ほんけ》帰りになるわけである。

私のときは、赤いちゃんちゃんこどころではなかった。私の守り神のような母が病んで、その看病にあけくれ、見送ったときは、気が付けば還暦はいつの間にやら過ぎて午《うま》の年も終りに近く、ふぬけのようになってがっくり年を取った。人の生れるときは命の盛んなときでもあるが、最も危険の多い時期でもある。生れたばかりのときに大病をして母にたいへんな心配をかけたが、六十年してとうとう母を守りきれなかったことは悔やまれる。

それからの十年は、思いがけないことの連続で、生れて初めてということに次々出合った。葉書を書くのも億劫な人間が、本を出すやら、毎月締め切りのある仕事を持つやら、人様の前で話をして冷や汗をしぼる思いもした。確かに本卦帰りをして、零歳になった私は生れて初めての経験をした。育ててくれた母は失ったが、そのつど助けてくれる人に恵まれてこの十年をどうやら無事に過してきた。六回目の巳年のお正月ということは、零歳にかえった私が十二になった年と同じ年回りを迎えられたのだ。これはめでたいことと喜ばなくては罰が当る。

私が十二だった昭和十五、六年は、戦争に向ってなにもかも楽しみが消えていったときであり、終戦によって命は拾ったが、焼け野原だけが目の前に広がっていた。これからの十二年は、別の難しいことはあるだろうが、再び戦争をするような思慮のないことはないだろう。むしろ今までとは違った世の中に向おうとする気運が動こうとしている。たとえ目覚ましい飛躍はできずとも、蛇は後退せず匍匐前進するものだ。多少のことがあってもめげずにいきたいものである。

ものは考えよう、人は気の持ちようだ。元来できの甘い人間が、十二歳に子供がえりしたとなると、楽しいことがいっぱいあるような気がしてにこにこする。路面電車やバスが減って、今までどこへ行くのも、やたら遠回りをしていた地下鉄が、やっと工事が終って便利になったらしい。地下鉄の案内図を見て、へーえ、話に聞くばかりで行ったことのないお宮さんや、乗り換えが面倒だった植物園にもこれならちょっと遊びに行けるだろう、そこまで行ったらついでに名物ものの煮豆や、おいしいお蕎麦も食べられると喜んでいたら、行きもしないで、どこまで安上がりかと笑われた。

ここ何年か手前のことに追われっぱなし、ひと息つく間もなく過してきた。少しは安上がりな楽しみを持つのも悪くない。以前はお正月を前に歳の市でお祝箸などを買うついでにお茶碗とお湯呑みを買って、今年はこれで毎日のご飯を食べ、お番茶をたっぷり飲もうと楽しみに買物をしていた。なにしろ壊しても、あれ、しまった、と笑って済むくらいの手軽なものだ。無事に一年使い続けてそのまま使い続けるときもあるが、つぎの年末に気に入ったものに出合えばまた新しくして、今までのものをしまっておく。うっかりしたはずみに、カチンと欠いてしまったとき、しまってあった前のお茶碗を出してくる。慌てていっとき間に合せの買物をしないで、古くても自分が気に入って使っていたものは、取り替えたとも思わずに、すんなり手に納まっている。毎日使うものだから色や絵付けもあるが、重さや手ざわり、縁のそりかげんが気になるのだ。この古茶碗、古湯呑みも使い果たしてしまった。これではいけない。気持は十二と気張っても、実際の体は年相応に老いている。まずはこの一年、安上がりな楽しみをぽつぽつ探して、匍匐前進小さなゆとりを得たいと思っている。

二〇〇一年の年賀状

新しき年立つ天の明けそめて
先ず万作の黄金色松の緑のいろ深く
竹の葉末のしなやかに梅の香りも懐しく
桃あいらしき花の顔待たるる桜一重八重
白玉椿つや〱と千両万両からたちばな
一人ぽっちり藪柑子ひだまり飾る福寿草
春の花々とりそろえさても今年は年女
巳年の春のお喜びここにめでたく申します

冷たさいろいろ

喉のかわく夏は、今も昔も冷たい水が何よりおいしい季節だ。私の子供の頃、まだ衛生状態がよくなかったから、生水を飲むことはいけないと、うるさく言われた。威勢のいいおじいさんでも、お腹を冷しては体に悪いと、らくだ色の毛糸の腹巻をしていたし、赤ちゃんは当然のように金太郎の腹掛けか、綿ネルの腹巻をして、氏神様や水神様のお守りを首から紐でつるしていた。夏はお腹こわしの季節でもあったのだ。ほんとに元気だった人が西瓜のたねのせいで盲腸炎をおこし病院に入った話は毎年よく聞かされたが、そんな目にあうのはどこかの誰かさんのことで、まぶしい夏の光を浴びて蟬やとんぼを追いかけたり、木の繁るお宮さんの裏の池で水すましやげんごろうを捕まえたりして汗だらけになって遊べば、喉はからから、なまぬるまったかい湯ざましなんて飲みたくない。いたずらっ子達は、きれいな飲める井戸水がどこにあるかよく知っていた。口の端からあふれる水で喉もお腹もびしゃびしゃに濡らしながらがぶのみをすれば、涼しさいっぱい、またつぎの遊びを目指して駆け出して行く。

　夏が暑ければ暑いほど冷たい楽しみは見逃せない。朝、学校へ行く道で氷屋さんのリヤカーが止まっているのを見つけたら、しめたものである。大きな氷の塊が筵《むしろ》や厚いシートの下にある。普通の鋸《のこぎり》の倍以上もある歯のあらい大鋸で、印も何もないのに氷屋さんはしゃっしゃっしゃっと音を立てて勢いよく切り目を入れてゆく。半分ほど刃が進むと鋸を返して峰を差し込み力をかけると、氷は澄んだ音を立ててきれいに割れる。切ったばかりの氷の塊を、これまた大きなやっとこで挟み、大急ぎでお得意さんのお勝手口へ走る。リヤカーの荷台の上には、たった今、鋸の刃で細かく削られた氷のかけらがきらきら光っている。さっと掬《すく》い上げて口へ入れれば、冷たさは解けてこくんと喉へ入る。ほんのひと口でも得しちゃった嬉しさだ。今のような電気冷蔵庫になる以前は、木箱の内側に金属のトタンを張っただけの冷蔵庫だった。朝夕、一貫目ずつ氷は配達されるが、お客様のおもてなしのあまりでもなければ、小さな氷片が口に入るチャンスは滅多になかった。

そんな時代に、子供にとって特別の楽しみといえば、アイスクリーム、アイスクリームが食べられるなら、どんなお手伝いでも精を出した。表の道の掃除も、お使いに行くのも、朝夕植木に水をやるのも、言い付けられれば嫌とはいわなかった。何しろアイスクリームはレストランか喫茶室のある大きなお菓子を売る店に行かなければ食べられないものだった。そんな夢みたいなアイスクリームが、ひと夏に一度、運がよければ二度、向こうからやってくることがある。親類うちで飛び切りハイカラなおば様が、お土産に持ってこられて、それはよくお手伝いをした御褒美に、と下さる時がある。おば様はいつの間にアイスクリームが食べたいためにお手伝いをしているのを知っているのか不思議だった。どこの製品だか知る由もなかったが、紺と水色の横縞の地に白抜きで、スマックアイスクリームと筆記体の字が書かれている直方体のボール箱は一度見たら忘れられない涼しげなデザインだ。蓋を開けると上下四方を薄いドライアイスの板で囲ってあって、真ん中の小さな四角の穴にぎっしりアイスクリームが詰まっていた。スマックアイスは円筒形をしていて、バニラアイスクリームの外側は薄いチョコレートが巻いてある。一つ一つ白いトレース用紙のような紙で互がくっつかないように包んであった。そっとスプーンで掬うと冷えたチョコレートはパリッと破れて、冷たい甘さがやわらかく何時までも口に含んでいたいおいしさだ。

お土産のアイスクリームが入っている箱はお伽ばなしの玉手箱である。開けると大急ぎでアイスクリームを食べて満足した後は、洗面器に水を張ってドライアイスを浮かべて遊ぶ。白い塊は水の中でぶくぶくと泡立ちながら動き廻り、白く湿った冷たい煙が床を這ってあたりに拡がる。洗面器の水にインキを垂らすと水色の煙になると聞いて早速やって面白かったが、洗面器についた汚れは落ちなくて困った。

この夏、学校帰りの子供達が、チョコレートを巻いたアイスクリームを食べながら、楽し気におしゃべりをしている姿を見かける。その姿からは私などの小さかった頃とは比べものにならない満ち足りた有様だが、それが日常になってしまった今は、アイスクリームは特別なものではなくなってしまった。それに引きかえスマックアイスクリームは何と夢のあるおいしさだったか、六十数年が過ぎても消えることがない心に滲みたひんやり甘い味である。

蛙の子

初めての子供が、声を出して意思表示をするようになった時、母親の私は、夢中になって話しかけた。お空がきれい、お花が咲いたわ、ほらワンワンよ。当の赤ん坊が、何を見ているか、何に興味を示したのか、お構いなしで一人合点で親ばかそのものであった。

母の家へ連れてゆけば、自分の挨拶は抜きにして、おばあちゃま、タカシです、こんにちは。母はあきれた顔をして笑った。あんたよく喋るね、少し黙ってお茶でも飲みなさい。言われて気が付けば、目に見えるもの、なんでもを喋らなければいけないような気分になっていた。意味のない言葉の羅列は、頭の中がからっぽであることの証明みたいなものだ。子供に教えようとか、先のために用意しようと考えていた訳ではなく、子供が機嫌よく、アーと声を出し始めたことに対する、一種の条件反射を起こしていたのだ。一杯のお茶を飲む間に、狐が落ちたように、そうだ先は長いそんなに慌ててどうなるものでもない、と元ののんびりやに戻った。

私が生れた時、母は私のようにせわしなく喋ったりしなかったらしい。今から七十年も前だから、寝る子は育つと余計なことはしなかったのだろう。一人っ子で刺激の少い育ち方をしたせいか、私はのんびりしていた。小学校に上っても、他の子より何でものろい。母はせっかちで手早い。よく私のことをスローモーと言ってじれったがった。

現在、私は自分の性格をのんびりタイプで、母の教育によって部分的せっかちだと思っている。そして現在、人から追い立てられる不安感から逃れようと、自発的せっかちになって、人からは結構せっかちに見えるらしい。

のんびりやに育てられた二人の子供たちは、やはりのんびり、朝など少しでも寝とかにゃ損々とぐずぐずしている。それが起きたとなると、気が付いた時には、お茶碗は空になり、鞄やお弁当は影もなく、姿は通りの向こうに消えている。あののろかった子たちが何時の間に、という変り方をした。私が教えた結果ではなく、子供がやはり部分的せっかちに変ったらしい。蛙の子は蛙、でも母蛙は自分より更に、適応力を備えて貰いたいと思っている。

ファックスのご機嫌

年と共に、頭の回転も身のこなしも鈍くなって、我ながらじれったい思いがする。わずかの仕事でも時間に間に合せようと気ばかり焦って、揚げ句のはては仏頂面になってしまう。

だいぶ前に家の者が、原稿を送るのが少しでも楽なようにとファックスを置いてくれた。それで郵便局まで走って行かなくて済むし、時間的に大助かりで重宝してきた。ところが便利なものはどんどん使って、原稿を送ったり返したり、相手からも紙切《ぎ》れが起きるほど送信が続くことがある。何かの折にこちらから送ったファックス原稿を持って打ち合せにきた人がいて、それを見てびっくりしてしまった。真ん中、横一文字に線が走り、紙全体が黒ずんで字がぶよぶよしている。こちらで受けている紙面は鮮明だから、まさか自分の送ったものがこんなだとは気付かなかった。こんなきたない原稿が送られてきたら、定めし気分が悪かろう。知らないこととはいえ相手に悪いことをしたと恐縮してしまった。だがきれいな紙面を送るには、こうすればいいという方法もなくて、思い切って機械を新しくした。

以前から懸案になっていた家の手入れをして、電話やファックスの置き場を変えなければならなくなっていた。いろいろなコードが絡み合ってわけが分からない。どうしようとぐずぐずしているうちに、用は溜まるわ催促はくるわ、階段を上ったり下りたりでくたびれてしまった。

とうとう一とき凌ぎに放り込んであった古ファックスを引きずり出して間に合せた。受信はいいが送信先が問題だ。気心の知れた相手に見てもらったら、「フツーでしょ」と言われた。あんまり立て続けに送ったり返したりしなければ、さほど不機嫌でもなく今のところ用を足してくれている。あの時は忙しすぎて主人同様、仏頂面をしたのだろう。新しい世紀と世の中は張りきるが、牛は牛連れ馬は馬連れ、お互だまし騙《だま》し、機嫌を取り合って今年も努めてゆこうと思う。

耳から心へ

テレビの画面に色がつき、しかも立体的になって、今や実物より映像の方が美しく鮮明になりつつある。その一方で目よりも耳だけのラジオを好む人がある。「ラジオ深夜便」は根強い人気があり、雑誌と共に相乗効果が上がっているようだ。この人気は何なのだろう。一時的なものではなく、むしろ生活習慣からくるじっくり型の人気だと思う。そんな風に思う理由は、自分の若かったころにある。

今の世の中に深夜があるかというとちょっと考えてしまう状況だが、昭和三十年代ぐらいは、夜の闇が厚くひっそりと静まって深夜と感じられる時があった。

その頃、写真の現像・焼付をするＤＰ屋の下働きをしたことがある。この仕事は、光を遮る暗室がなくては仕事にならない。朝から赤いセーフライトの下で、これまた感度50という、いとものんびりしたフィルムを一本一本現像し、プリントする。まともに太陽の光を拝めるのは、焼き付けた写真を水洗い・乾燥し、カッターで縁を切り揃える仕上げの作業の時だけである。人が遊ぶゴールデンウイークともなれば昼も夜もない。その日が晴れか曇りかは、フィルムの乾き具合だけが問題で、まったくもぐらもちのような毎日である。仕事が終って外に出ると、しっとりとした空気の中でくちなしの甘い香りが漂って、思わず息を深く吸い、一日の終りを感じた。

体は疲れているが、床に就いても、さっきまで時間に追われ、気を張って仕事をした後では、逆に目が冴えてしまって、灯を消して眠るまでの間、気持の切替えが欲しかった。

或る日、昼休みにイヤホーンでラジオを聞いている年配の人が、夜寝る前に深夜放送を聞くのが楽しみだという話をした。それは今のポケットに納まる気の利いたラジオからは想像するのが難しいお弁当箱のような形をしていた。ねずみ色のプラスチックの箱の横に形ばかりの丸い目盛板がついていて、局の選別が出来るはずだが、お天気具合で雑音ばかり、がっかりする日もあった。

それでも一日の終る僅かな時間、イヤホーンから聞こえてくる小さな音は、自分だけのひそかな楽しみであった。どこか架空の闇に浮かぶ明るいシャボン玉の中にスタジオがあり、人の姿は見えないのに、レコードがひとりでに廻り、マイクが勝手にお喋りをしている。そんなイメージを描きつつ音に誘われて眠るようになった。これは癖になって、うっかり電池が切れて途中で音が消えた後の無音の淋しさは、闇のなかに取り残された思いがした。半年が過ぎた頃、うっかり床にお弁当箱のラジオを落とした。目盛板の所がこわれて、深夜放送とのつながりはふっつり絶えてしまった。

今年の花の便りがちらほら届き、春はすぐそこまで来ていた。「ラジオ深夜便」の番組の係の方から、花にまつわる話の席に招《よ》んで頂くことになって、久びさに夜更けの街を渋谷に向った。

犬を連れて歩く人と擦れ違ったあとは、表通りまで誰にも会わず、道はからりと広い。街灯はやわらかくともって、無風の枝先に白く一つ二つ見えるのは初花であろう。手をあげて止めた車のシートに腰を落とし、車輪が動くとふつふつとタイヤが砂を噛み、信号が変って軽く車はすべり出した。ネオンや広告の光が消えた街は静かにものやわらかな表情を見せている。高速道路のトンネルの中はオレンジ色の光がつらなり対向車も少く、闇と光の合間を縫ってＮＨＫについた。

ここは片時も休まずに醒めている場所である。廊下も明るいし、エレベーターを待つ人の顔も仕事中の顔である。だが廊下に並ぶ銀行や、いつも人が足を止める本屋さんは扉を閉めているし、並んでいるそれぞれのスタジオや副調室のドアの向こう側は闇が詰まっていると感じられる。

「深夜便」の部屋の中には他の場所にない感覚があった。醒め過ぎない気遣いといったらいいのだろうか。ニュースもある、会話もある、音楽も流れる。しかし、深夜の中で放送を聞く人の心を騒がせないように、聞く人に語りかける穏やかなものが、ここからひたひたと溢れてゆくのだ。聞く相手の状況は、一人車のハンドルを握る人もあれば、眠りに入ろうという人もあり、逆にひと眠りのあとの夜を楽しむ人もあるに違いない。深夜のありかたは昔のようではなくなりつつある。だが深夜が持っていた、総てを包む安らかさを人は求めていると思う。ひっそり静かに耳から心への世界がここにある。

東京産の蝙蝠

家の手入れをしようと、大工さんに来て貰った。材料を運び込んだり埃よけのシートを張ったり、出入りする人達のなかできびきび働く若い人がいた。なかなかのおしゃれ、毎朝白く洗いあげたタオルで、ぎゅっと髪をまとめ、足袋靴《たびぐつ》という、白い運動靴と地下足袋のしなやかさを持ったものをはき、仕事中はズボンの裾も細く巻き上げて、足捌きのいいようにしている。ルーズソックス、よれよれだぼだぼスタイルは、あれはひよこがする恰好、それは疾うに卒業したらしい。

私の居る所は、後楽園ドームのそばの坂を上った奥にある。家の近くで、たまたま蝙蝠《こうもり》が飛んでいるのを見たと聞いて、まさかと思いほんとうなら見たいと気が引かれた。

夕方、蝙蝠を見たという場所へ通うこと四日、目にするのはカラスばかり、がっかりしてしまった。浮かない顔をしていたら、どうしたんですか、と若い大工さんが気にしてくれた。話をすると、まるで子供のような笑顔をして、蝙蝠捕まえたいんですか？　と言う。飛んでいるのが見たいのだというと、

「小さい頃、大きな蝶だと思って、蝙蝠つかまえちゃったんです。家へ帰ったら、母親にめちゃくちゃ叱られて、すぐ放してこいって家に入れてくれないんです。仕方ないから放したけど――でも気持いいもんじゃないですよ」

と困ったような人なつこい顔を見せた。彼は横浜に住んでいて山の方へ行けば見られますよと教えてくれたが、何分蝙蝠は暮れ方にならないと出てこない。夜の食事をほうり出して、いくら何でも蝙蝠見物というわけにもいかなかった。

しかし、彼の話は何とも言えない懐しさがあった。男の子が夢中になって、とんぼや蝶を追いかける時期がある。大きな捕虫網を上手に操れるようになるまでには、何度捕え損なった口惜しさを味わうことか。今まで見たこともない獲物に、小さな彼は土手も水溜りも飛び越えて突進し、首尾よく捕え嬉しかったが、それは変な生き物だ

った。ギーと嫌な声を出し歯をむいた。変な奴だけどもっとよく見ようと思ったのに、蝙蝠なんて捕るもんじゃないという母親の勢いに押され、止むなく放しはしたものの、そのつまらなさ、何もそんなに叱らなくてもと、不服だったのも無理もない。

母親にすれば、蝙蝠なんて捕えて食い付かれたら大変だし、汚い虫でも付いていて痒《かゆ》くなったらどうするの、息子ががっかりするなんて考慮する余地のないことなのだ。もし私がその立場だったら同じようにしたに違いない。

彼はすっかり忘れていた叱られた記憶を、私の話で思い出してしまったのだ。幼い日、蝙蝠に持った興味を、自分のおばあさんに近い年の私が持っているのがおかしくて仕方がない。そしてあの時の母親がしたであろう心配を控目ながらこちらに示してくれた。何ていい親子だろう。

あの時以来、空を見る癖がついてしまった。そして先日、高い空に黒く舞うものにはっと気付いた。蝶の優雅はなく鳥の滑空もせずせわしなく羽をばたつかせ、暮れ方の空を上昇し鋭く反転する。彼がもどかしそうに説明した通りの飛び方、蝙蝠だ。とうとう見付けたとわくわくする。今迄、二階の屋根くらいの高さを考えていたが、六階建てのビルの上を飛んでいる。そして思っていたより小さかった。やっと二十センチくらい。でも小さくてもいいじゃないか、ビルの上の蝙蝠だ。少し離れてもう一羽いる。目で追いきれない速さで飛ぶ黒い影を眺めてふと思う。いつか彼は気に入った人に蝙蝠を追った日の楽しさを、そしてむちゃくちゃ叱られた思い出を話すだろうかと。その時、その話を笑って一緒に聞いてくれる人であったならどんなにいいだろう。

薄明りの空はゆっくり暮れていった。

崩れるところ

今、都会に住む者にとっての災害は、地震、火災、洪水といってもごく限られたものになっている。山崩れ、土砂災害といった大規模災害は、一生を通して出会うことは稀であり、どこか自分達の生活からかけはなれた出来事に感じられる。

山が崩れるというようなことは理解し難いが、物が崩れることはいくらでもある。私共の家は、以前書物が高く積み上げられていた。和紙を綴じた一冊の本は軽いものだが、人の背丈ほどぎっしり積み重ねられれば、相当の重量になり、木造の家は根太が抜ける危なさがあった。だから重みに片寄りができないよう、また、積んだ本が崩れないように細心の注意が払われていた。なるべく同じ大きさのものが揃えられ、奥にはあまり使うことの少い重い本を積み、手前には始終、出し入れする資料が置かれていた。下に置かれている本が必要なときは、順次上から脇にどけてゆき、途中から入用の本だけを引き抜いたりすることは、決してしてはならないと厳しく言付けられていた。もし気が付かない後ろの方に、固表紙の本が置かれていて急に崩れれば思わぬ痛い目にあうことになる。それでも、本には綴じ目の厚みがあり、左右逆向きに積むわけにはゆかないから、いくら注意しても何かの拍子に崩れかかることはあった。厚み、大きさが同じものならば崩れないかというと、そうではない。本に代る勢いでのびる、テープやディスク類は、ケースの材質によるのだろうが、よく崩れる。お勝手にある買い置きの缶詰や缶ビールも、ころがりやすいものだ。

家の近くの児童公園には砂場がある。子供達は大好きな泥んこ遊びに夢中になる。昨日よりもっと大きいお山を作って、トンネルを掘ってと、時に空腹さえ忘れて完成を目指すのに、必ず水を運んできて、ジャーとやる子がいる。なぜだろう、崩さなければつぎのお山が作れないからなのか。

今は見なくなったが、昭和の初め頃、道路工事があると、砂利や砂が見事な台型に積まれていた。崩れないための台形なのに、制止の札が立ててあっても、ぼこぼこと足跡をつけ、後ろ側を滑り下りて遊んだ誰かのいたずらは絶えなかった。

高低差があれば物は崩れる。その災害に人はしばしば苦しめられるが、高低差のある景色に人は美しさを見る。山の峰、湖の色、滝の姿、小川のせせらぎ、そして平野に安住するが、崩れるところはまた、人の心を誘う場所である。

富士砂防

自分の過してきた時間の中に、富士山との繋りを振り返って考えてみると、小学校の屋上から遥かに遠く、しかしはっきり白く眺めた冬の山の姿が浮かび上ってくる。東京には富士見町、富士見坂という地名があちこちにあって、そこを通るたびに、今日は見えるかな、と必ず意識する。きれいな富士山が見えれば満足だし、雲がかかっていればちょっと残念である。まして東海道線に乗る機会があれば、右手の窓が気になって見損なうまいとする。何度見ても美しいし、見あきることがない山である。だが一度も登ってみたいと思ったことはない。富士山は眺める山で充分なのだ。

ところが、ここ三、四年、富士山の近くへちょこちょこ行く折が増えた。山梨側から見る富士は東海道の顔とはちょっと違って彫が深い。いたや楓の林を見に安倍峠から望めば、ぐっと間近く立派という感じである。もし紅に染まる富士を見たりすれば、美し過ぎてどうしていいかわからなくなりそうな気がする。近く寄れば寄るほど富士はいろいろな顔を見せるのだ。富士川の川原に立って、その雪解け水がさまざまな産業を育てたと聞けば大きな恵みを嬉しく思い、また一方で台風が来れば山は大荒れ大変な被害が出ると言われれば、水かさの増した流れはどれほど凄まじく変貌するかと浮き足立つおもいがする。

日本一の高さの山は美しい姿で身を削っている。豊かな緑が繁る裾野もあるが、陽に風雨に曝される山頂は一そう岩肌がそぎ取られ脆く崩れるものを抱えて、時知れずほろほろと崩れ、また堪えられず転げ落ちる岩もある。一たび荒れれば土石流が走り、木も岩も総てのみ込まれ押し流されてしまう。これも富士の持つ一面である。富士が美しい姿を持つ限りこの災害は止むことがない。富士砂防の仕事が始められて三十年、その災害を防ぎ、荒廃を治める事業は着実に進められてきた。この仕事に携わる方達は時に厳しく、時に穏やかに広大な富士山の絶え間ない変化に注意を注いでこられた。私のような折にふれて遠く富士を眺めるだけの者からは考えもつかない集積がそこにある。それには遠く及ばずとも、一度よりは二度、三度と近付く折を持った今は、ずっと親しい思いを持っている。富士は、またその砂防に務める方達は、共に魅力に富んでいると思う。

故里

故里という言葉の持つ響きは、何も彼も包み込む優しさがある。それは故里を持たない者には、ほかのことでは取り替えられない心の深い底につながる想いである。私のように親代々都会で生れ、一生を同じ場所から動かずにきたものには、現在、住んでいる場所が故里であり、そこ以外のどの土地にもつながりがないのだ。

人に誇れる景色や産物のある土地柄ではなくても、親代々が住み続けてきた土地に持つ愛着は、その土地を離れれば、ひとしおのものがあろう。小さな水溜りや溝川には、そこに泳ぐ目高や、指先ほどの草色をした雨蛙がいる。夏の初め、土手の藪かげの桑の実が赤く色付き、二、三日で紫に熟して、誰にも叱られずにつまんで食べる楽しみがあった。土はいろいろのものを育み、その恵みを知らず知らずのうちに受けて人は育つ。その楽しさが故里という言葉には詰まっている。

他人の目には取り柄のない土地でも、住めばいずれは都になるし、長く住めばたとえ都であろうとも、土地の癖ともいえる蒸し暑さや、ぴりぴりする凍《い》て込みもある。一長一短いつも居心地のいい場所というものがあるはずもないものである。そんな分かり切ったことをうらやむには当らないと知りながら、どうも故里という言葉に、なぜか長年ひっかかってきた気がする。

故里と呼ぶ田舎が私にはないけれど、主人には幾世代も住んできた田舎がある。東京から僅か一時間、今や彩の国という優雅な呼び方をする埼玉だが、主人が学生だった頃は、身を切る空っ風が山の方から吹き抜けて、自転車をこぐのも大変だったと言う。だが目の前に山などありはしないのである。その山は遥か秩父か上信越の彼方にある。初めて生家を訪ねた時は、うららかな五月の空の下に、あおあおと勢いよく伸びた稲の青田が、見はるかす彼方まで拡がり、関東平野という場所が、どれ程広いかを実感した。人の身丈は五尺何がし、歩けばどれくらいの日数がかかる広さか、昔から関八州の米どころとして耕し続けてきた場所だ。ここに住む人達は自分の家族以外の人の米も作ってきたわけである。今よりずっと収量の少い、天候に左右されやすい稲を、苦労して作ってきたのだ。目にする青田は整然と植えられ、品種も優れ機械も導入されて、効率よく肥料も施され、頼もしく思える姿だった。あとは日照りと台風さえなければ秋の稔りを望める安心ないい世の中になりはじめていた。

稲はもともと南方で育つ植物だが、長い年月をかけて日本までたどりついたものだと聞く。そのため日本の風土気候に合わない育てにくい性質があったと思われる。それが主食として充分我々の口に入るようになったのは、それほど古いことではない。にも拘らず「古事記」にも豊葦原瑞穂国《とよあしはらのみずほのくに》として耕作に励み続けてきたのは、麦のように粉にする手間がなしに脱穀してそのまま炊いて食べられる便利さもあったとは思うが、やはりお米のおいしさから、苦労しても食べたいものだったに違いない。

昭和一けたの私の世代は、戦中戦後の食糧の乏しい時のことが忘れられない。身にしみてお米のおいしさを有難く思った世代である。その結果、自分のお茶碗の中の御飯はきれいにお腹にしまってしまうし、炊いた御飯をもったいなくはしないように心掛けてきた。主人の田舎の田圃を見たことは、その家の米というよりは、米を作る人の思いに心が引かれるようになった。

丁度その頃、私は二番目の子供に恵まれたが、上の子はまだ小さく、手が廻らなくて困っていた。それを聞いて田舎から結婚前の娘さんが一とき手伝いにきてくれることになった。その娘さんは、「私、赤ちゃん好きですし、結婚して自分の子供を育てる時の役にも立つと思ってきたんです」とにこにこしている。そして日がたつにつれて、田舎の話をぽつりぽつりしてくれた。都会の人は知らないでしょうが、と前置きして、田圃の草取りのどれほどきついか、また植えた稲がきれいだと気軽に言うけど、たった一本ひょいと草が伸びたのに気が付かないでいれば周りの人達の手前どんなに恥しい思いをするかなどなど、私のほんとに知らないあれこれを話してくれて、最後に、だから嫂《ねえ》さん大変なんです、とひどく大人びた言い方をして俯いた。

二人の子供の一番手のかかる何ヵ月かを手伝ってもらい、帰る時にお土産を持たせてあげたかった。行ってみたいというデパートを廻って彼女に似合いそうな着るものをすすめたが、それよりも家中でお茶の時に賑やかなようにお菓子がいいと言う。それを買って店を出ようとして足を止めたのが、髪を止めるピンや櫛が置いてある売り場だった。その頃ヘアーバンドが流行っていて、それが買いたいというのだ。さんざん迷っておとなしいものに落ち着いたが、それよりもう少し色数が多く明るい色調のものを私から添えてあげることにした。間もなく帰った彼女から、元気に家の手伝いをしているが、貰ったヘアーバンドがよく似合うと家族にも結婚する相手からもほめられたと嬉しさがこぼれるような葉書がきて、やがて手堅く仕合せな家庭を持った知らせが届いた。

今年の夏は暑かった。月遅れのお盆のお詣りに久しぶりで主人の田舎へ行った。世帯を持って四十年、折につれて、通った道の三百六十度の田圃の景色もすっかり親しい眺めになっている。水門のある古利根の流れは、いつものこの時期より多く、田圃の水は充分ある。昔に比べて道は舗装されたが、車で走る目の前にゆらゆらと逃げ水が立つのも変りがない。老眼で絞りがきかなくなった目を凝らして横一線に揃った稲を見れば、もう穂があがって、ここいく日かが花ざかりだ。だが遠目には花が咲くとも見えぬうちに稲は結実に向う。誰の田圃だか知らないが、目の前の稲が順調に育っているか、何も分からない町場育ちのくせに気になるようになった。そしてふと思った。私の食べるお茶碗の中のお米は一体この稲何本分にあたるのか。植えられている稲の株は籾《もみ》一粒の苗が枝分れしたものか、何本かまとめて植えられたものか、どうなのだろう。炎天下、茫然として穂の出はじめた稲の根元を眺めた。

お米のことは米づくりをする人に聞くのが一番の早道だ。早速毎年、新米を送ってくれる知人に聞いてみた。答は実に明瞭、現在人気の高い「コシヒカリ」を例に取れば、普通の御飯茶碗に盛った御飯は約五勺《しゃく》くらい。稲の苗は機械を使って植えた場合、三株から五株くらいをひとまとめにして植付ける。それを二束くらいを精白して炊いたものが、およそ一膳の御飯になる計算だという。二束の稲が植えられる広さは三十五センチ四方に納まるのではないかと。そして笑いながら、お米の目安は一俵で考えるのが普通ですから、お茶碗一杯のお米の計算をしたのははじめてです。向こうは作り手、こちらは主婦、とんだ面倒をおかけしましたと恐縮したが得心がいって満足した。それにしてもたった一杯の御飯が二束の稲、随分沢山の稲がいるのだと感心してしまった。昔の人はお米を、一つ一つが菩薩さまと言った。一粒にかける労力に対して手を合せて感謝する気持を持ったのも頷けるものがある。

故里とは、米を、人を、さまざまなものを育てる土への思いであろうか。今や田舎といえば青田の広がる景色を懐しく思い描くようになっている。そこに住む人達との付合いも長く濃《こま》やかなつながりである。都会に住むものは、毎日炊くお米を誰が作ってくれたものか分からないが、明日の朝炊き上げるお米を作ってくれた人に心より感謝を捧げるものである。

長寿ということ

先頃日本人の平均寿命が、女八十四歳、男七十七歳で世界一になったという記事に目が止まった。

平均寿命は、生れたばかりの赤ちゃんが、このくらいは生きるはずだという目安である。当然もっと長生きをする赤ちゃんもあるし、途中で思わぬ事故にあう人もあろうが、大方の人は八十前後まで生きられるということになる。

命は天からの授かりもので、自分の命でありながら、本人の自由にならないものなのだ。だからこそ長寿はめでたいことだといえる。若い時は長寿といえば、それはどこかのおじいさん、おばあさんのことで、自分の両親さえ結び付けて考えたりはしなかった。それがはっきりした数字を挙げて長寿国になったと示されても、自分はそれまで生きるかしらと俄《にわ》かには信じられない気がする。なぜ、いつの間にそういうことになったのだろう。その日の新聞の他の頁には、事件や事故などの心が痛む記事が並んでいる。とても長寿国という天国のような仕合せなイメージとはうらはらな感じがした。

どうもこれは、私が長寿という言葉に持つ感じと、実際の長寿との間にずれがあるためなのかも知れない。古めかしい私の認識では、こんな目まぐるしく激しく変る世の中ではなく、何世代も前から同じ土地の変らぬ景色に囲まれて、近所となりと互に穏やかな生活を続け、まめによく働き、食べなれた食事をして、静かな毎日を送っている、いわば御隠居さまというのが、私の生れ育ってきた昭和一桁の持っている考えなのである。

ところが七十年あまりを生きてきて、自分を含めて見る同世代は、御隠居さまになって納まっている人は見当らない。その人それぞれの状況の中で、少数とはいえ、いまだに学問や事業に携わり、或る人は趣味を楽しみながら周囲にその楽しみを分かち、また健康に留意して充実した日々を送っている。

長生きということは、気持は意気盛んでも、体は相応の老化が進んでくる。目はかすむし、足腰はいたむ。さしずめ駅の階段などは、わざわざ運動機能の測定など受けなくても、行きと帰りとではその差は明らかで、体中の衰えを認識させられる。

その一方で医療はますます進歩して、以前なら、回復ののぞめない病気も、適切な治療と行き届いた看護を受けて、元通りとはゆかないまでも、安定した生活を得られるようになった。

平均寿命、女の場合八十四歳という年齢は、私に取ってあと十二年を生きればその年に達する。今だって年に不足はないけれど、これからの十二年を無事に生きるのは、なかなかかくたびれることであろう。言えばきりのないことだが、交通網は整えられつつあり、夏の暑さ冬の寒さも凌ぐ手だてがある生活環境が、長寿の基礎を支えていることも確かだ。都会の空気の悪さ、今迄にない夏の暑さなど心配の種はいくらでもある。自然が豊かな土地は好ましいが過疎の心細さはいかばかりかとも思う。この両極端を抱えた長寿はそうたやすく手に入るものではなかろうが、多分、今迄と同様、昨日から今日そして明日と破綻のない毎日を送ってゆけば、自分なりの長寿を迎えられるかも知れない。そう考えると、ふと気が楽になって長寿もいいものだと素直に思えるのだが、さてどんなものだろう。思う先は長く、過ぎる時は短かろう。

つながり

隅田川への想い

隅田川を挟んで手前は観音さまで賑わう浅草で、吾妻橋を渡った向こう岸が向島である。明治三十七年、母（幸田文）は向島寺島村に生れ、二十までをそこで過した。その頃の向島は鄙《ひな》びてはいたが、のどかな景色の残る土地であった。隅田川は水量も豊かで滔々と流れ、春の花は言うまでもないが、四季折々の風情は、流域に住む人びとに大きな恵みであった。幼い母は、家の近くの溝川にめだかを追い、家の裏の前栽物を植えた畑の胡瓜の初なりを、河童さん河童さん、悪さをしないでおくれと言って川に流した。

身近な親しい川ではあるが、秋の嵐の時の恐しさ、渡しの船頭さんや漁をする人達、鳶の頭などの、人から人へと口伝《くちづ》てを頼りに、土手が切れれば、半鐘の擂半《すりばん》に急がされて小高い所へ逃げなければならない。水がひいた後の難儀は後片付けに止まらず、疫病という追い打ちもあった。母の姉は出水のあと発熱し、手当をする暇もなく亡くなってしまった。

川は産業を起こし、紡績、染色が行われ、浴衣や印半纏が、高い干し場に白と紺の布が滝のように風になびく初夏の景色もあった。

村の小学校を卒業して、麴町の女学校へ毎日通うようになった。そんな或る日、学校からの帰りに吾妻橋から、何時ものように一銭蒸気に乗ろうとして、足を滑らせどぼんと川に落ちてしまった。泳ぎのできない母は、その前日、たまたま学校の教科書にポオの「渦巻」が収められていて、父から河の流れの中に捲く渦の話を聞いていた。もし、万一、河に落ちた時は、河底に足を着いた瞬間思い切り底を蹴れば、必ず水面に浮くことができると教えられた。これが役に立って、溺れずに済んだ。このことはどちらもほんとうにたまたまのことであり廻り合せの不思議さを改めて思う出来ごとである。

震災を機《しお》に向島から小石川に住居を移し、隅田川からは遠くなった。その後、母が結婚した私の父は、向島の下手《しもて》、永代橋近くで生れ育った。家業は酒問屋で、昔は灘から船で送られてきた酒樽は、隅田川を遡って荷揚げをした。新川沿いに酒倉が並ぶ商家の佇いは、母には目新しかったが、新川には住むことなく結婚は十年で破綻し、再び小石川に住んだ。

ずっと後になって、母は自らの辿ってきた様ざまな想いを、求められて作品に発表しはじめていた。小説「流れる」は隅田川と神田川が合流する柳橋に二ヵ月ばかり身を寄せた時の日々が描き出されたものである。

母は自分のことを村育ちと言っていた。東京生れ、東京育ちでありながら、東京府南葛飾郡《ごおり》寺島村が母の故里なのである。父母兄弟と共に住んだ懐しい土地への愛着は、隅田川の流れと共に、深く切なる想いである。

花火

日本の夏は夜になってもなかなか気温が下がらない。その暑さのなかで、火から光だけを切離して花火という遊びに変化させたのは誰だったのだろう。人は火を大切にして、火あそびは堅く禁じられてきた。その火から闇に光の花を咲かせて一瞬の美しさを楽しむのが花火である。

打上花火のもとは、竹筒に火薬を詰めて、空に打ち上げ、雨乞いや疫病を祓《はら》うため、神に祈願したことから起こったものだという。まだ花火の美しさとは無縁の、大きな音と高く飛ぶことの競い合いだったかも知れない。何時の頃からか火薬を巧みに調合して、光に色を加え、空いっぱいを彩る見事な花に仕上げたのだ。夏の涼みは両国の出船入船屋形船、上る龍星ほし下り。玉屋が取り持つ縁かいな——、と小唄に歌われるほど人々に親しまれた。
それでも打上花火の音の大きさは、日常の音からかけ離れた大きさである。近くに居れば火薬の爆発による振動はずしんとみぞおちに響く。三つくらいの頃に、花火を見に連れて行かれた。遠くで、どーんとなっているうちはよかったが、近付くにつれてその音の凄まじさ、足が竦んで動けない。もっと前に行かなければ見られないと言われても、恐くて我慢できず泣き出してしまった。他の人達は花火を見に行き、私だけは付添いの人に連れられて家へ帰された。どんなに綺麗なものかと、話されるたびに楽しみにしたのに、その悲しさつまらなさ、だが我慢できない恐怖感を身にしみて覚えた。

それからというもの、花火は線香花火一本ばかり、その線香花火でさえ、火がついた火薬がじぶじぶいいはじめると、こよりの先を持っていられない。母は私に割箸を持たせ先の方に花火のこよりを差し込んでくれた。随分、臆病な子供だったのだ。それでも火薬が燃えて赤い火の玉ができ、耀く赤い光のレース状の花がばらりばらりと闇に浮く美しさは何とも言えない。玉はひと花ごとに痩せてゆき、周りに小さな光を弾き出して、ついに細い糸がすいすい流れる柳に変る。その細い光の流れ落ちる先に、こちらの目も吸い込まれ、手元の光も目を閉じるように消える。子供の遊びと貶《けな》されるが、線香花火は、あの僅か一と杓《すく》いの黒い粉が見せる、光の繊細な美しさ面白さは、花火の原点ではないかと思う。

安い線香花火は、何本かひと束ねにして売られているが、全部均一にいい花が咲くとは限らない。丸い火の玉がまとまり切らないうちに、ぽとんと落ちる出来の悪い意気地なしのものもある。こんどこそ、このつぎはと、全部終ってさて満足のゆくのは二、三本あれば上出来だ。せめて半々の成功があればと欲をいうのなら、電気花火にすればいい。あの明るいばかりで味のない光はつまらない。やっぱり二、三本の満足でも、線香花火の方が楽しさとしては上質であろう。

花火だけではなく、火薬を包んで撚《よ》ってあるこよりの端の色付は、赤い色に緑、紫、黄色と強い色が縞になっている。色の組み合せからすれば、しつこくて野暮ったいはずなのに、それがかえって鮮やかに見えるのは、夏の暑さのせいか、火薬の持つ危険を含んだ美しさなのか。こよりという紙をひねって作る細い紐は、火にも水にも弱いくせに、この花火の命綱であり、遊び終って地に捨てられ、翌朝掃き集めた塵取りの中に、昨夜の楽しさを思い出させる。

幼い日、あんなに恐れた打上花火だが、長い一生という時間のなかで、再び出合う機会に恵まれた。想像以上の人出である。隅田川の両岸を人が埋めつくし、ほんとうに足の踏み場もない。その人の波に、芋のように揉まれながら、一と足ごとに打上げの時と場所に近付いてゆく期待感は、人の数が増せば増すほど高まってくる。

あたりがいくらか暗くなって、いきなり五、六発たて続けに打上げられ、きらめく光が拡がった。どっと歓声が湧き拍手が上がる。あとは川の上手下手から順よく打上げられていく。その美しさ見事さに、初めは声を上げて喜んだが、やがて、ああ、という溜息になった。色も美しい、形も工夫されている。組み合せもよく考えられている。空に花笠を開いた大きさは、年々大きく、またきらきらと降る砂子は夢より美しい。右に走り左へ飛んで生きもののように動く光、どれも惜しくて引き止めておきたいのに、目に残像を結んだその時、光は消えている。

今年も何万発の花火が打上げられるか知る由もないが、花火ほど贅沢な、そしてまた誰もが見える場所に立ちさえすれば、一銭の貯えもなしに楽しめるものはない。花見もいい、祭りもいい、だが夏の夜空に、それ以上華ばなしく一瞬を飾るものはない。消える光の美しさは、何と儚なく名残惜しい。

つぶれたおはぎ

おはぎは上菓子とちがって、以前はそれぞれの家で作り、手器用な人はお重に詰めて御近所に配ったりする。あそこの家のおはぎはおいしいと喜ばれれば、腕に磨きがかかろうというものだ。おはぎは丸くまとめた御飯とそれをくるむあんことが同じ柔らかさに仕上がれば上出来だ。

戦後、食べるものがなく、甘い味を忘れた毎日が続いていた。どこでどうしたのか母は一袋の小豆と僅かな砂糖を手に入れてきて、これでおはぎを食べようと言う。あまりに思いがけなく、もったいなさが先に立って、私は食べるのが惜しかった。母は眺めていたっておいしい思いはできないよ、と笑いながら小豆を浸しゆっくり煮はじめた。お豆の煮える甘い匂い、それはもう、うっとりする楽しさであった。さて御飯だが糯米《もちごめ》は手に入らない。普通のお米を柔らかく炊いて間に合せようとしたが、母の好みは固めの御飯、水加減を増したのに、炊き上がりはちゃんとした御飯になってしまった。まるでおむすびに煮小豆のつぶしたのをまぶし付けたような奇妙なものができた。母は変なものができちゃったね、まるで爆弾みたいだと笑っている。そのうちに餡の水気がしみて爆弾はだんだん形がつぶれてぐんにゃりしてきた。何ともおかしくて親娘で体が捩れるほど笑った。母が作ってくれたおはぎはこの時限り、二度とない味だった。

皺の山

おじいさんと孫は、六十歳あまり年の開きがあった。冬、火鉢で手を温めながら、手の上に山を作って見せる、とおじいさんは言った。そして手の甲を摘《つま》み上げると、皮膚は摘み上げられたままの形をしばらく保ち、またゆっくり平らに延びて元の形に戻った。何のことはない手の甲の皺《しわ》を摘み上げて山を作り孫をびっくりさせたのだった。十歳の孫は何て年寄りは変なことをするのか、しなけりゃいいのにとその心を計りかねて、延びてゆく皺の山を侘しく眺めていた。

おじいさんの手は、骨太で指と掌《てのひら》の釣り合いがとれて厚みがあり、爪は指先をしっかり覆って、指に力を入れるとつまぎしが白く血が差し引きするのが見えていた。

母親は指より掌がたっぷり厚く、握力のある手だったが、手の甲にえくぼができる白くつやつやしたいい手をしていた。

皺の山から六十年が過ぎて、孫はかつてのおじいさんの年と同じくらいになった。体からはしなやかさが急速に失われ足腰がぎしぎしする。手の甲にもしみが目立ち血管が太く浮き出して、小皺は手の動きによって縦にも横にも細かくたたまれる。手は体の他の部分に比べて、家事雑用をしつづけてきたから、筋肉がそんなに痩せたとは思えないが、皮膚の下にあった脂気が落ちて、手全体が薄くしぼんだなと思った。おじいさんの、そして母親の手に比べて見劣りのする手だ。

そんなことを思いながら手を見ていたら、娘がどうかしたのかと聞く。ふと、皺の山の話をしたら、ああ、おばあちゃまもそうやってみせてくれたことがあったと、屈託なく笑う。はっとした。あの働けるいい手を持った母が、いつ孫娘にそんなことをして見せたのだろう。思わず手を握り締めて自戒した。

手を合せるもの

仕合せなことにいままで総てを捨てて、この苦しみを救わせ給えと神・仏に祈るような辛い目にあわずにきた。それは既に神仏の御加護をいただいた証《あかし》なのかも知れないが、それまでにあった悩みや苦労は、我慢と諦めの中に納まる程度のもので、命と引き換えにとまで追い詰められたことはなく過してきた。

むしろ子供の頃は、身の廻りに親しみの持てる神さまや仏さまが、我が国には沢山いらっしゃる。ごく小さかった頃、家から少し離れた所に、子供の虫ふうじの御祈禱をする安閑寺というお寺があって、言うことをきかない子供は、そこでお灸を据えてもらうと、わがままを言わないいい子になるから連れてゆく、とおどかされた。

大人たちは何かにつけて安閑寺を持ち出しては言うことをきかせる。そのたびに御免なさいと謝って、もう少し遊びたかったり、お菓子がたべたいのを我慢したりして、ほんとうにお灸を据えられたことはなかった。

安閑寺の御本尊さまはどなたが祀られているか知らないが、わがままの虫には大そうな利き目があった。

お伽話の因幡の白兎に出てくる袋を背負った大国主の命は、のちに大黒さまと呼ばれ、哀れな兎の痛手を直してくださるやさしい神さまだが、米俵の上に乗って打ち出の小槌を持ち、兎ばかりでなく人の願いも聞いてくださる。

大黒さまと仲のいい恵比須さまは、立派な鯛を抱えて漁をする人や商売をする人に恵比須講の賑わいを与えてくださるし、病気になれば薬師さま、お稽古事は弁天さま、学問の神さまは天神さまで、今もって受験期ともなれば、無理を承知で世の中の人は押し掛ける。赤ちゃんが生れれば氏神さまにお参りにゆき、無事に育って歩けるようになると道祖神さまやお地蔵さまに、道に迷ったり悪いことに誘われないようにお願いをする。

こういう近所のおじさんやおばさんのような何でも気軽にお願いできる神さまや仏

さまはあっちにもこっちにもいらっしゃって、お祭、縁日とみんなが楽しみにする。

　だがなかには恐しい顔をした一生の悪事を裁く、裁判官の役目を持つ閻魔さまや、警官が使う手錠などよりも悪人をどこまでも追ってゆく迦楼羅炎《かるらえん》を背中にしょっている不動さまもあるにはあるが、大抵は頭を下げてお辞儀をすれば、さわらぬ神に祟りなしでお目こぼしに与かる。

　私は小さい時、体が弱く寒くなると風邪をこじらせて周りの人たちに心配をかけた。近所に洗い張りや縫いものを手伝いにきてくれるお婆さんがいた。この人はまめにお寺さんやお宮にお参りをしては、お札や護符をいただいてきて、私が病気にならないようにと、きれいな縮緬のはし裂で巾着と紐を作って兵児帯《へこおび》にくくり付けてくれた。随分長い間、いっぱいのお守が入った巾着を身につけていた記憶がある。

　このお婆さんは若い時、大きなお店へ奉公にゆき、御信心深いおばあさまに仕えた。この御隠居さまは毎朝お看経《かんきん》をなさり、菩提寺にお参りにゆくお供もした。繰り返し聞くお経は、字も知らず意味も解らぬままに何時か覚えて、一生懸命お祈りをすれば、ちゃんと間違わずに終りまで唱えられると自信を持っている。

来ればお必ず用があってもまずお灯《あか》り、お線香をあげてお念仏を唱えてからでなくては何も始まらない。だから勢い必要最小限でありがたいさわりのところを超特急で唱える。いま思えば何となく算盤の読み上げ算の調子と似ていたような気がする。最後は南無阿弥陀仏だったから浄土宗だったか、いかにも極楽往生を疑わぬ御信心を持ったお婆さんだった。

私の祖父は慶応三年、即ち明治の前年の生れで、生涯、漢籍仏典に親しみ、俳諧を好み悠然と釣や将棋を楽しんだ人である。宗教については広範な智識を持っていたが、片寄ることはなかった。

家の宗旨は法華宗で、祖父は小さい時に、母からお仏壇を整えることを教えられた。毎日のお掃除は当然のこと、祖父母や身近な家の仏さまの御命日に香華を供える務めを長くさせられたそうである。このことは、祖父が最晩年、体が弱くなって床につく日々のなかで、今日は幾日かと日を確かめ、仰臥したまましばらくお経をあげることが時にあった。多分、祖父の身近な親しい誰かのお祥月命日に当っていたものと思われた。

そんな或る日、祖父は私に一つの章句を覚えるように言い、それは「十如是」と言うのだと教えた。法華経に説かれる教えは多いが、その中でたった十の言葉から成る十如是は、事の道理を示して、何の智識も持たない孫にも暗記できる短さであった。

よく馬鹿の一つ覚えというが、十如是はまさにそれで、教えられた時から四十年を過ぎて私の救いとなった。

片親育ちの私にとって、母と別れることは堪え難い恐れと悲しみである。最後の別れをして柩を火に送った時、必死になって十如是に縋《すが》り、辛くもその時を無事に過すことができた。たとえそれが短い章句であれ、一句一句、繰り返し唱え念じることは、微力であろうとも、うつし身を離れてゆく母の護りとなり、唱える我が身の落ち着きになることを知った。

その時から十年が過ぎた。私どものお墓は池上にある。本門寺の山門の手前に呑《のみ》川の流れが細く、霊山《りょうぜん》橋のたもとに大きな石柱が建ててあり、「一天四海皆帰妙法」と刻まれている。

まだ小学生だった頃、この石柱から向こうは仏さまのいらっしゃる所だから、心を鎮め、思いを捧げて参拝に向わなければいけないと母に教えられた。

　扁額の掲げてある木造の山門は古びてはいるが、往時の立派がしのばれる。見上げる石段は九十六、此経難持《しきょうなんじ》坂と名付けられていて、この一段一段に仏の教えは込められていると道しるべには書かれている。この急な石段を九十六たび踏んでようやく本堂の建つ小高い山に登る。堂塔は空に高く、木々は繁り、香をたく煙は静かに流れて、どこからともなく木鉦を打つ音が響き、参詣の人の姿が墓石の間にちらほらと見える。何時に変らぬ静かな時が山頂の境内をおおっている。

　秋のお参りを無事にすませてふと思う。今はここに眠る母と共にしつづけてきたお参りを何時までつづけられるだろうか。

　一年のうちに何回か訪れるお参りのほかには、仏さまにもその教えにも遠い身だが、その折にふれてさまざまな縁を与えられてきた。手を合せて祈るその先に仰ぎ見る影は尊く、しかし懐しく想われる。

勝手正月

祖父の話によれば明治のある時期、世の中の仕来りが大きく変り、何でも新しい試みが持て囃された時に、一部の人達の間で「勝手正月」ということをしたのだそうである。夏の盛りに、「私、今日《こんにち》新年を迎え勝手正月の御挨拶に参りました」と紋付き袴で人を訪ねたり、年賀状を出したりする。来られた家はびっくりして大騒ぎをするのを面白がったものらしい。仲間内のいたずらならば、どうということもないが、そういって人を困らせ慌てさせるほど、その頃のお正月に対する考え方は厳めしいものがあった。一年の区切を付けて、新しい年を祝うことが、なんであんなにぎくしゃくとしゃちこばって挨拶を交したのか、今から考えるとおかしいような気がする。勝手正月の話をしていた祖父は年を取ってお正月のお年賀に来て下さるお客様を、嬉しく思いながらもくたびれて、ふと勝手正月などということを思い出していたのかも知れない。

お正月にお酒はつきもの、お祝儀のお屠蘇は形ばかりで、母は次々にみえるお客様に出すお膳に追われ、こちらはお給仕盆を持って台所と客間のあいだを行ったり来たり、火鉢にかけた鉄瓶はお銚子をあたためるのに忙しい。一日中立ったり居たり、御飯を座ってたべている暇はなく、大抵お餅を磯まきにしたり、きな粉で安倍川にして、お給仕の合間にほおばっていた。あの頃の母の大変さ、夜九時になって小学生の私が休む時間になっても、まだ翌日の仕度のために台所で下準備をしていた。

お客様ずくめの三箇日が過ぎて、六日の夕暮れ門松を下ろし、流しのざるには七草がゆの材料が洗い上げて入れられている。十五日は小豆がゆを炊く、この日を女正月と言うのは、ここまでは男正月で、主婦にはお正月はこないということのようだ。お客様サービスが済み、お正月の終る日に、やっと女にもお正月がくる。

戦争はお正月の仕来りも焼きつくした。お屠蘇の三つ組みのお盃から塗りの膳、椀、小皿など、家財道具の一切が灰になり、普段使いのお銚子一本でお正月を祝った。

それから二年、戦後の復興を見ずに祖父は亡くなり、喪の正月を迎えた。親しい方も御遠慮下さってひっそり長閑《のどか》な三箇日、母の一生のうちであんなに何にもわずらわされることのない時はなかった。母も私もお酒に弱い。この年から、お酒のある祖父のお正月を離れ、お雑煮と、自分達の好きな口取中心のおせちだけの簡単なものになった。他所《よそ》から見ればそっけないかもしれないが、長年、祖父の正月を、たった一人で切り廻してきた母には、気楽なお正月はよかったと思う。

何年かして私は母の家のごく近くに、結婚して世帯を持った。それまで母と私の女世帯だったが、母は一人住みになった。お正月用の食べものは、私が用意したものを母の分を取り分けて運ぶようになり、子供達も喜んでお使いを引き受けた。お正月の御祝儀にこれに一杯お酒を頂戴、と言われたことがある。主人がお元日に口を開けるお酒を、祖父の使っていた白磁のお銚子に入れて、大晦日の夜届けた。

翌朝、母の所にみんなで年賀に行くと、机の上に白いお銚子が置いてあり、胴のところに赤白の細い紐が結んであった。母のいうには、机は自分の商売道具だから、お神酒を供えておいたのだと、そばの小さな足付きのカットグラスに七分目ついだお酒は、一日がかりでなめる、あとはもったいないけど煮酒に使うと笑っていた。

子供達が大分大きくなった頃、今年は自分で用意するからお酒はいらないと言伝られてきた。はて、どうするのかと思ったが言われたままにして、年が改まってからお酒を持って家中で行った。テーブルの上に甘口のデザートワインが置かれ母はにこにこしていた。どんなかね、試しに飲んでみようと思って、と小さなグラスにとろっとした琥珀色のワインを注ぎ分けてすすめてくれた。口あたりが柔らかく豊かな甘味が口いっぱい拡がった。甘いワインのお正月は母が亡くなるまで続けられた。

物心ついて六十余年、随分いろいろなお正月を過して来た。世の中は考えもつかない変り方をしている。自分の家族さえ、祖父も、母もゆき、主人と私と息子、娘の四人家族になった。人が変ればお正月が変るのも致し方がない。お元日の初めの一杯は、お燗をつけたお酒で祝うが、あとは好きずきで、甘くも辛くも、赤くも白くも気に入ったものを楽しんでいる。昔の忙しさは消えてこれは仕合せなことだ。自分好みのお正月、こんな勝手正月も悪くないと思っている。

うちの本

紙魚《しみ》という虫を見なくなって久しい。私の子供の頃、手にした和綴の本をぱっと開くと、細長く銀色に光る紙魚の背中が、ちらっと動いて消える。開いた頁の何枚か下に、間違いなく虫はひそんでいるはずなのだが、逆さにして振ろうが、叩こうが出てはこない。別に人を刺したり痒いおもいをさせたりはしないが、あの逃げ足の早さは不気味で、ぎょっとして胸がどきどきしたあげく、持っていた本を放り出して叱られたことが何度もあった。

紙魚は古い和紙を好んで食う。何枚もの紙にうねうねと溝を掘り、紙を食うというよりも、そこに書かれている字を食いつくして、文章の脈絡を消してしまうのだ。調べものをする大切な書物に見苦しい穴を明けられ、読もうとしたその一字があとかたもなくなっていては、不機嫌を通り越して捻り潰してやろうと思うのに、小さな虫を捕まえることはほとんど出来なかった。大人の背丈ほどに積み上げられた本の間に、一体何匹の紙魚が住みついているのだろうかと思うと、ぞっとするうす気味の悪さであった。

家のなか中、本で埋まり、本のない部屋は客間と風呂場、台所だけという家に住んでいたが、数をかぞえることさえ出来ないほどの、子供の目には山のようだった書物は、総て祖父の読むものであって、小学生の私が読めるものは一冊もなかった。たまたま開かれた和綴の本の頁は漢字ばかりが並んでいる。この中に知っている字があるかと問われても、木版刷の字は角張って、知っている字ではないかと思っても確信が持てず、自分とはかけ離れた距離のある書物だった。だが祖父が手に取れば、その中から尽きることなく知識を手繰り寄せ、考えを深める教えが浮かび上がる。また、楽しく心はずむ話も、人の情の寂しさも、この紙の間からするすると引き出される。紙魚の住家はまた宝の山でもあった。

この時期ここにあった本の大方は、戦災で家と共に灰になり、戦後、私共の手元には、祖父の著書の一部と、昭和五年刊行の旧露伴全集ひと組が辛うじて残った。祖父の作品を不動のものにした「五重塔」や「いさなとり」は、今、書店で目にする本の形とはちょっと様子が違っていた。しなやかな表紙に描かれた塔の絵は、どことなく日本画風であり、扉の内側にたたまれた口絵は錦絵の手法が用いられていた。活字の字体も古く、明治二十年代なかば、新しい時代の活版本に向って本作りは進められていたが、その体裁はまだ和風仕立、草紙の名残を留めている。「五重塔」は「血紅星」と二篇併せて「尾花集」と名付けられており、昭和四十五年に近代文学館から復刻されたものによって当時の本の姿をかいまみることが出来る。この頃の小説集は、この「尾花集」「葉末集」「小萩集」があり、みな露につながる名が付けられている。晩年に出版された随筆集にも「すすき野」「芋の葉」「ささの葉」など、露に宿る思いは折にふれて連綿と光を放っている。

明治も三十年代になると、随筆集の「讕言」「長語」の二冊は、本の形が厚表紙になり全体は落ち着いたねずみ色で、上部の表題が書かれた横型の枠の中に、角を伸したかたつむりが悠然と納まり、枠を囲んで蔦であろうか、装飾的に描かれた蔓物の枝が長くしだれている。裾の部分は銀で波が躍りどことなくアール・ヌーボーの感化を受けた様子の覗《うかが》われる装幀である。幸田の家の紋は蔦であり、祖父の庵号は蝸牛庵であることを踏まえてのことか、なかなか凝ったデザインだった。

明治末から大正はじめにかけて評論の「努力論」「修省論」、随筆では「洗心録」「悦楽」と人の心の拠るところを探って想を詰め筆を進めている。至誠堂刊行の大正名著文庫中、八篇の「洗心録」と十六篇の「悦楽」は、当時油彩の華やかな画風で知られた川村清雄氏の絵が用いられている。川村さんは黒い漆塗りの板の上で油絵具を使うという珍しい試みをされた。油絵具の重い質感になじみの少い日本人の好みの接点を、漆の板という素材を用いて新しい表現をためされた。「洗心録」の表紙はオリーヴの地に、流れに咲く河骨《こうほね》の小さな花が一つ金で彩られ、「悦楽」の地は深い藍色で梅の古木に二羽の鳩を配し、どちらも空《から》押しで花や鳥が浮き上がって見えるように仕上げてあった。いま改めて見ても八十年前のものとは思えない手の込んだ造りである。大正名著文庫のシリーズの表紙は、総て川村さんによって描かれた画を元に装幀されたものだったのではなかろうか。この時期の本の装幀は随分質の高いものを目指していたと思われる。描き手もまたそれに応えて、洗心という言葉には夏の流れから顔を上げて咲く小さな花を択び、悦楽という想いには、くぐもった声で鳴き交す鳩の姿を添える。現代のがさつな世の中からは考え及ばぬ心遣いである。他の巻にはどんな画がつけられていたであろう。その行き届いた構成を見てみたいとさえ思う。

大正から昭和にかけて祖父の本は次々と出版されていったが、書かれている内容によってか、また祖父の年齢からなのか、どれも手堅く重厚な雰囲気のものがずらりと並ぶ。昭和十六年に日本評論から出た久びさの小説集「幻談」も布表紙に祖父の題字が金箔で押してあったが、色は紺だったようにも、或いは路考茶であったかとも思うが、いずれにせよ渋い色調のものだった。世の中は戦争に向い、書物の出版が出来なくなる時が近付いていていた。

戦災で家が焼け、その二年後、長年手がけてきた「芭蕉七部集」の評釈が完結した四ヵ月後に祖父は旅立って行った。紙もなく印刷所も焼け、字母は揃わず活字も欠けたり潰れたりしていたなかで、それでもよくぞこれだけ手をつくしたものだ、と言われた本が、きれぎれではあったが出し続けられた。今や紙は赤茶け、活字はうすれて頼りなげに残っている当時の本を見ると、切なくも懐しい思いが惻々として浮かび上がってくる。

　母は祖父の歿後、その日常を記した作品が多くの人に読まれ、それまで無縁であったもの書き業に、求められるまま夢中で励むことになった。丁度、戦後の復興期を迎えて出版界は活気づいていた。そのなかで、昭和二十四年中央公論社から、母の初めての本が出来上った。「父」の一字だけが白い帯に赤茶の囲った中に白抜きでぱっちり嵌まっている。ごくうすいクリーム地の表紙には題もなく、背だけに帯に使われた赤茶で父とあり、黒で幸田文とあるだけの小冊子であった。あっさりしているというよりは、素人の自家製の手帳を思わせる作りだったが、この本はフランス綴といって一冊ずつ職人さんが手で折って仕上げる大そう贅沢なこしらえなのだと後になって聞いた。きっと母の頭の中では、お父さんの本のように立派な体裁ではなく、一途に父の日常を見つづけた母が迎えた父との別れの時を、娘が書き留めたという控え目な、しかし溢れるばかりの想いが飾り気なしの姿にまとめられている。あの頃の母の希望に添った装幀であったと思う。

昭和三十年になって、同じく中央公論社から「黒い裾」「さざなみの日記」。新潮社からは「流れる」「ちぎれ雲」などが出版された。この四冊に共通して言えることは、どれも本の厚みがすっきり仕上げられている。箱と中身との釣合いがよく考えられ、箱から本を引き出して手に取った時の、材質、色、重さ、本文の色調、活字、と繊細な心くばりがなされている。「笛」「おとうと」ははじめて出版社が出した週刊誌として、注目を集めた週刊新潮の表紙を手がけていられた谷内六郎さんの装幀である。和服の染色に用いられる蠟纈《ろうけつ》を摸した布表紙は、身近な草や虫が巧みな色使いによって、優しく作品を包み、楽しそうに眺めていた母の顔が思い出される。

その翌年、「番茶菓子」が創元社から出された。この時期カラー写真の発色が格段に鮮明さを増し、またそれを印刷した紙面を保護するコーティングの技術が進歩をみせていた。今から考えれば何も驚くほどのことではないが、口絵用に撮った写真がいかにもいい雰囲気を捉えていた。母は箱の表にその写真を使うことを提案し、小売さんの店頭に母の姿が印刷された本が並び話題になった。また「駅」は宮脇俊三さんの手になる一冊で、この箱の表の写真は、浜谷浩さんが撮影された地方の駅の構内に立つ標識板が、旅愁の想いをあますことなく表している。

昭和四十八年出版された「闘」は母の生前最後の単行本になった。箱に描かれた草は、地しばりであった。細い茎に小さな菊のような可憐な黄色い花を咲かせるが、根は土を縛る力があり侮りがたいものがある。祖父に徹底した掃除を教え込まれた母は、庭もまめに掃除をした。「ああ、地しばりねえ、長いおなじみだね」とこの草の持つしぶとい性格を結核という病気の扱い難さとも、それに対応する人の心の計りがたい姿とも思い併せてひとしおのものがあった。

たまたま生れた家が、書物を多く蔵する家であり、祖父も、母もまた物を書く人になったことから、その流れの端で私は過してきた。書き上げられた原稿が印刷所へ廻り最後の奥付が刷り上がった時から、本は形を整えられて一人歩きを始める。人の手から手へ廃棄される時まで、書き手の思いを伝え続けてゆく。一体、何時から本は古書になるのだろう。私の持っている感じでは、祖父の役に立っていた本は間違いなく古書であったと思う。また祖父の書いたものも、古いものは百年を越え、戦後出版されたものでも、五、六十年になる。母の本は、それが刷り上がってまだこの世の風にも当らぬ産着にくるまれて、そっと目の前に現れた日のことも、ついこの間のように思っているのだが、最後に出された「闘」でさえ二十数年が過ぎている。

書き手、作り手、そして初めての読み手に渡り、長い旅を続けて様ざまな人に出会い或いは知識を伝え、喜びを分ちながら、何時か本は古書となり静かな時を送ってゆくのだ。だが、ひとたび頁を開き行を遂う人に出合えば、本は何時も現役なのだ。その形は古び表紙は色褪せようとも、紙魚に食われることもなく恙《つつが》なからんことを切に願っている。

思い出の一冊

「からすの声かぁ〳〵〳〵、助郷馬の鈴の音しゃん〳〵〳〵、――の音じゃぁ〳〵」夜のしら〳〵明けに眠い目をこすりながら雨戸を繰れば、なんだやっと起きたか寝坊助め、と人をからかうように鳴いて行くからす。まだ暗いうちに近郷近在から宿場へ向って何頭もの助郷馬が賑やかに鈴をならして集ってくる。辻の溜り場へつくと、それまで我慢してきたものをしぶきを立てて一気に放出し、馬も馬子もさて、今日の仕事はとひと息入れて再び動きはじめる。

十二、三の頃だったと思う。こういう書き出しの本に出合った。目の前にまだ眠りからさめやらぬ江戸の町が拡がり、その世界にどぼんとはまり込んでしまった。

私の子供だった昭和のはじめは、まだ子供向けの本はごくわずかで、学校の教科書以外に読めるものはあまりなく、漫画の「のらくろ」が大人気だった。当時の新聞はむずかしい字がいっぱい並んでいて、何時頃から新聞を読むようになったか覚えていない。

今のように子供の理解に合せた書物は少く、勢い家の中にある本を、手当り次第ひっくり返して読めるものを探すことになる。私の住んでいた家は、他所《よそ》の家より遥かに多くの書物があったが、それはまた飛びきりむずかしく、今の私でも手が出せないものばかりが山になっていた。本のある部屋はうす暗く、かびだか埃だか独特の臭いがひっそりと溜って、まるで何年もの空気がそのまま動かずに詰まっているような感じであった。辞書、図鑑、叢書、文学全集など、同じ造本のいかめしい本がずらりと並べられた棚があった。背表紙の表題には、古事記、万葉集、竹取物語、源氏物語、平家物語と読める。もしかしたら「竹取物語」なら絵本にもなっていたから読めるかも知れないと思って、本を出してもいいか母の所へ許可を取りに行った。洗濯の手を拭きながら、母は本のある部屋まで来て、ざっと見廻して許してくれたが、本は埃がついているから、乾いた雑巾で拭いて、手も洗って読むこと、一度に何冊も持ち出してはいけない。一冊ずつ母に見せてから自分の部屋へ持ってゆくように言い付けられた。何しろどの本も重くて、とても手に持って読むことは無理だから、机の上に置いてかしこまって読むことになった。

早速「竹取物語」を開いたが、いくら註がついていても小学生では無理だった。絵の描いてあるお伽話とは大分勝手が違って、誰がどうしているのかわけが分からない。分からないものを読んでも、ちっとも面白くない。さっさと竹取は返上してつぎの本を持ってきたが、これはもっと駄目。次々出したり入れたり、そのうち面倒になって、積み上げられた本と本の谷間にぺったり座り込んで、開いた頁が読めるかどうか、先ず確かめてから、自分の机の所まで運ぶことにした。

それでも「源氏物語」だというのに、義経や弁慶は出てこない。美しいお姫様はわけのわからない病気でひと晩のうちに死んでしまう。何だか気味の悪いお化けが出てくる本だということが分かった。「平家物語」の方は戦記ものだからまだ分かりよかったが、宇治川の先陣、那須与一の扇の的のような話より、討ったり討たれたり気の沈む話が多い。

分かればいいかというと、そうでもなく自分が読みたい本はどれなのだろうと、だんだんがっかりしつつ、それでも諦められず、本を出し頁を繰ってはまた戻すことの連続だった。

そんな時に弥次喜多の「東海道中膝栗毛」を読んで、世の中には滑稽本という気楽な流れの本があることを知り、つぎに読みはじめたのが式亭三馬の「浮世風呂」だった。

「浮世風呂」とまあ恰好よくはいったものの銭湯の話、朝一番に歯をみがきながらやってくる若い衆は口紅のついた手拭を見せびらかして、後からきた年下の若い者をからかい、続いて入ってきた御隠居の老人は、眠りが浅く煙草を一服していよいよ目が冴え、家中の見廻りをしたと若い者の深い眠りがいまいまし気である。そして夜中にあった地震の時刻によって、「九(十二時)は病《やまい》、五(八時)七(四時)は雨に四ツ(十時)ひでり六(六時)八(二時)ならば風と知るべし」とその後のお天気を予測できる歌を披露する。

陽が上って小さい子供を連れた四十くらいの父親が、子供の面倒をみながら「ハイ子供でござい〳〵」とお湯の中の人に声をかけると、知り合いの人が、お湯が熱いと子供はお湯嫌いになるからと羽目板を、とんとんと四つ続けてたたいて水をうめてくれと合図を送り、「サア〳〵皆さまはねます、ヤッシッシ、ヤシッシ」とかき廻してやる。いいあんばいになれば、とんとんと二つ打って水を止めてもらう。

何てうまい具合になっているのだろうと感心して、自分もいつの間にかどっぷり湯船につかった気分になった。

そのうちに長湯をして湯気にあがって目を廻すもの、湯の中で調子にのって唄を歌うやら、口三味線を真似て、「テコテントン、てこ〳〵てん〳〵、つん、ぽん〳〵」などと騒ぐものもいる。お昼になれば寺子屋帰りの子供達がお風呂の中でお湯の掛け合いをして番頭に叱られる。

実にテンポよく場面が変り、表の物売りの声が聞こえ、登場人物の仕種や、江戸の喋り癖地方の訛《なまり》、湯気の中から次々と浮かび上る面白さ、一人でくすくす笑いながら読み耽《ふけ》っていた。

ここに書かれている場景は、お風呂に入りにくる一般庶民の日常のほんの一こまだが、鮮やかに江戸の息づかいが迫ってくる。何度読み返してもあきることがなく笑いがこみ上げてきた。

この本は惜しくも戦争で焼けてしまったが、戦後出版された「浮世風呂」を久びさで開いてみれば、中の本文は変らぬものの、冒頭にあげた助郷馬の出てくる書き出しではないのである。まあ、これは何としたことか、六十年しっかり忘れず、思い出すたびに、ほのぼのとした気持になれたあの文章は一体何をどう取り違えて覚えていたものだろう。おーい助郷馬やーいどこへ失《う》せた、帰ってこいやーい。

百で買った馬

小さい頃体力がなかった私は、麹町にある小学校から、小石川の家に帰ると、先ずランドセルを下ろして畳の上にごろんと仰向けに伸びる。畳は固く背中が平らになっていい気持だった。それを祖父に見とがめられた。

「何だ。まるで百で買った馬だ。自ら脊梁骨《せきりょうこつ》を提起しろ」と一喝された。

以後、祖父に見つからないように気をつけてひっくり返っては、そのたびに自分は百で買った馬だ、と思うようになった。

、幕末から明治にかけて、そもそも馬の価は何ほどのものであったか。雑役に使われる馬でも纏まったお金が入り用であったろう。それが百という値にもならぬ馬といえば、使いものにならないポンコツ馬に違いない。馬は眠る時でさえ横にならず立ったままである。かさの大きい馬が倒れれば、立ち上がらせるのは容易ではない。馬自らが奮起して立ち上がらなければならないのだ。疲れてくずおれた体を立て直そうと足《あ》掻《が》く馬は悲しかろうと思いながら、畳から背中を引き剝がしては座り直した。

　戦争が始まり、百で買った馬と叱られた身も、何がしかの薯を背負って飢えを凌ぎ、並の働きをするように育った。母はしっかりした気性で、体はきびきびよく動く。芝居の馬よろしく母は前脚こちらは後脚《あとあし》、祖父の没後、どうやらてこてこやってきた。その前脚もこの世の務めを了《おえ》て旅だってしまった。前脚なしでは馬はつとまらぬ。慌てて竿立ちになったが辛くも踏みこたえた時、拍車が掛かり鞭が入った。行け、と命じられるまま闇くもに走ってきた。

　十年が過ぎて、はて、百で買った馬はどんな毛色をした馬か。逞しい青毛ではあるまいし、さりとて連銭葦毛《れんせんあしげ》とは思いもよらぬ。ありふれた茶っぽい色も年と共に褪せて、まつ毛も白く、目もしょぼついている。だが、よくもこの年まで意気地のなかった痩せ馬が無事こられたものだと、百で買った馬の応分の仕合せを嬉しく思っていた。ところが、式亭三馬の「浮世風呂」の文中で、あくたれお舌《した》が自分の亭主を、〝百で買た馬〟と罵《ののし》るくだりにであって、ひひんとばかり跳ね起きた。この馬は文化文政の頃、達者で生きていた証拠である。そう考えると自分が「浮世風呂」を好む理由も解けて、ここにめでたく百で買った馬は、得心成仏した次第である。

祖父の文学との出合い

小学校の国語の教科書で、夏目漱石の「吾輩は猫である」を読んだ。お定りの車屋の黒が、枯れた寒菊を押し倒し上で威張っているくだりである。猫が好きな私は、その続きが読みたくて、初めて岩波文庫を買ってもらい、わずかの間も頁を繰るのに夢中になった。珍しく文庫本を読みふけっている孫に、祖父は「おれの書いたものも読ませなさい」と母に命じた。母は「何を読ませましょう、『番茶会談』(少年向けの作品)ですか」「いや、『珍饌会』か『術競べ』がよかろう」とすぐその場で、その作品が入っている文学全集の一冊を、母は選んで渡してくれた。祖父自身のお声がかりで、「珍饌会」「術競べ」を糸口に、私は祖父の作品に出合ったのだ。

これは全集の中では戯曲の中に入っているが、実際に舞台にかけることよりも、当時（明治三十七、八年ごろ）の世相を風刺した作品である。「珍饌会」はあまり人の食べないような変な食材を、我こそは食道楽に通じた者と思う奇人変人が集って、互に相手を困らせようと、不気味な料理の試食会を開く話である。「何があの強者《つわもの》の無敵さんの事でげすから、善来《ぜんらい》！　猪美庵《ちょびあん》！　我汝《なんじ》の来《きた》るを待つこと久し」という調子で盃を重ね、知り合いの高襟男《ハイカラおとこ》の所で出された緑青色《ろくしょういろ》の合せ酒（ペパーミントカクテル）が、乙に甘い上に変にスウスウするのに閉口した話から、故事来歴をかくし味に、とんでもない珍饌会が持ち上るという一篇だ。

「術競べ」は催眠術に凝った朽藁《くちわら》家の若殿抜麿《ぬけまろ》が、新参の女中お狐《きつ》に術をかけるが、ちゃっかり者のお狐は、かかったふりをしてお金や指輪を逆にだまし取りにかかる。この騒ぎに守役の石部金左衛門老人は、邪は正に勝たずと、金鉄の心を以ていさめるが、不覚にも眠くなり催眠術にかかりそうになる。この時免許皆伝の小野派一刀流の気合を発して、相手を気絶させせめでたしめでたしとなる。

どちらも他愛ないお話だが、戯曲ということは、すべてが会話だけで仕上げられているものでいる。そのやり取りのテンポの早さ、心の動きから性格、体つきから着ているもののまで、およそ読むうちに目に見えて動き出すような息づかいである。以来孫は、祖父の学問文学を知らず催眠術中にはまり込んで、七十の今日に至っている。

祖父の書いた作品の中で、「珍饌会」「術競べ」は、他のものと大分趣が異なっている。その時の流行を気楽にからかっている楽しさがある。この時祖父は三十七歳、気力体力充実し、家庭も安泰、しあわせを恵まれた時だった。母はこの年に生れている。

裁断機の下の「五重塔」

祖父は二十六歳で小説「五重塔」を書いた。代表作というなら或いは「運命」「幻談」、好みによって「評釈芭蕉七部集」があげられるかも知れないが読者に親しまれた点では、「五重塔」が何といっても擢《ぬき》んでていた。そのためこの作品は著者にとっても、出版する側にとっても、誠に問題の多いものであった。

著作権が確立された今と違って、当時の出版社は、作品を買い取って好きなだけ本を売って利益を得ていた。祖父は「五重塔」の出版に当り、薦める人があって、初めて印税契約を結んだにも拘わらず、本が売れないからとただで出版権を渡すはめになり、後に高額で「五重塔」を買い戻すという不快な思いをした。「五重塔」が売れない本だったならば、問題は起きなかったかも知れない。昭和になっても検印という仕組みが長いこと続いていた。

戦争直後、人は活字に飢えた。本が読みたくてもその余裕がなく生活に追われていた。そのさなか、「五重塔」が無断で印刷されていると知人から報らせを受けた。祖父はすでに亡く、母はその人と共に印刷をしている場所を探し当てて中止を求めた。相手は、あなたは地獄耳を持っているようだが、このまま目を瞑《つむ》っていてくれれば、そっちにも利益になるのに、と言った。母は引かなかった。欠けたり潰れたりの活字だったが、「五重塔　幸田露伴」と印刷された紙が裁断機の下に置かれ刃が下りた時、母はそれが祖父の体に当てられたように思えて血の気が引く思いだったと話した。同行した人は、あれは製本しても紙の目が縦横逆になっていて開けない本ができたはずだと言っていた。

つい五十年前のことである。

谷中の塔

祖父の書いたものを初めて読んだのは「珍饌会」「術競べ」で、それは戯曲として書かれたもので会話体の文章である。小学生の私にも読めるとの祖父の判断によって与えられたものであった。祖父の書くものはむずかしいと思い込んでいた身にすれば、こういうおかしさのある作品もあると知って、目が白黒する思いだった。「浮世風呂」「浮世床」「東海道中膝栗毛」といった思わず笑い出すような本が好きだったから、「珍饌会」は食道楽を、「術競べ」は催眠術の流行を揶揄している面白さは格別で、祖父の作品の中の広さに驚かされた。

その時、母が選んでくれた本は、文学全集の中の一冊で、初期の作品が収められていた。当然「五重塔」も入っていて、一行二行と辿れば、あとは引き込まれて、夢中で行を追った。読み終っても嵐の中の木の葉のように揉まれた感情は高揚しており、まだその先が読みたい思いが止まらず、終ってしまったという虚脱感のなかで、登場人物の一人一人に離れがたい親しさを持った。

最も強く心引かれたのが、人として充分な見識を備えた中心人物の、のっそり十兵衛、川越の源太ではなく、年の若い未熟な大工の清吉である。自分の命より大事な源太親方を思うあまり、後先の考えもなく邪魔になる十兵衛を倒せばよいと手傷を負わせ、その結果源太は清吉の不始末を詫びるため、下げたくない頭を十兵衛に下げなければならない立場に立たされる羽目になった。私欲に迷わぬ若者の一本気は愛すべきだが、考えの粗雑さは当人の思いとはうらはらに、周囲の状況を一層困難に導いてゆく。

その頃、私は日常の雑用を手伝わせられていたが、言われたことへの理解が浅く、自分のしたことが不充分であると気付かなかった。例えば来客のために座布団を並べれば、座布団の縦横裏表が不揃であったり、お客様が帰られたあと片付けは、茶道具だけ下げて、煙草の灰皿は忘れている。それを指摘されるたびに、自分の不注意は棚に上げて、泣いたり腹を立てたりした。未熟な者は未熟な考えに共感し、清吉の悲しさや、残念な口惜しさは、自分の胸の内を見るようであった。

それに引き比べて棟梁の源太は人の上に立つ器量を持っているために、まわりの者の浅はかな考えをうとましく見て、我慢に我慢を重ねる結果になる。だが苦しむ源太の考えは善知識の朗円上人の思慮には及びも付かず、一方の十兵衛も欺かれて上人の信頼をも信じられない迷いを持つに至る。上の立ち場から下を見通すことは容易だが、下から上の考えを推量するのは大変なむずかしさだ。自分は何時になったら、祖父や母を不快がらせたり困らせることのないようになれるかと、大人の世界のむずかしさを、ずらりと絵解きにかけて見せられた気がした。

「五重塔」は祖父の作品の中で、最も多くの人に読まれ親しまれた作品であるが、私にとっては一生の道標《みちしるべ》になった。自分の感情の走るに任せれば、とんだ間違いの元になる。かといって思案ばかりに捉われれば、するべきことさえ覚つかない。祖父の作品に接する切っかけは、楽しい面白さに引かれて足を踏み入れたが、続けて読んだ「五重塔」は、人と人との関係の複雑さを悟るに適した時期に当っていたのであった。

書かれて百年、今、改めて頁を繰れば、たちまち気性の激しい夫への行き届いた気配りをするお吉の姿が浮かび、片や十兵衛の女房お浪は貧乏の苦しさの中で、精いっぱい夫を庇う哀しさが滲む。人に優れた技を持ちながら頑な故に人に愛されない十兵衛の苦しみ、腕も人にも恵まれている源太の闊達な立居振舞などが、すぐ目の前に現れる。僅かな行数の中にさえ、書かれた登場人物のそれぞれの思惑は、総て祖父の考えによって、立ち場を変え姿を変えて描き出されている。読む人は活字を目にしているのだが、声の調子、息遣い、着物の色柄から着古し具合、はては大暴風雨のすさまじさまで、実に落ちなく活写されて、芝居をみるよりなおまざまざと自分の感覚に感じ取らせられている。

祖父の座談の面白さは、その席に居た人達の等しく認めるところだが、二十四、五の若くしなやかな筆づかいは、今なお鮮やかであり、昭和三十二年、着想を得た谷中天王寺の五重塔は、惜しくも焼失してしまったが、最後の止めの「譚《はなし》は活《い》きて遺《のこ》りける」という一行に、ゆらぐことのない力を感じさせるものがある。

「五重塔」

「五重塔」の筋立は、まことにはっきり明快である。谷中感応寺は、世に並びなくあがめられる朗円上人のいられる名刹の聞えが高かった。本堂をはじめ客殿、庫裡《くり》、学問修業に励む学僧の道場まで、何一つ不足なく整えられ、境内は静謐のなかにも、学問研鑽の場にふさわしい雰囲気が漲《みなぎ》っていた。これ等のものは、朗円上人の徳を慕って、富める者も貧しきも、こぞって寄進に努めたことから、すべてが建立されてもなお、相当の余裕が生じた。この浄財の使いみちを決めかねて朗円上人に伺いを立てたところ、一こと、塔を建てよ、と命じられた。

　感応寺の建物は、これまた当代一の腕を持つ川越の源太によって建てられている。その関係からみれば、塔もまた源太の手に依るものと考えられたし、源太自身、堂塔建築の総仕上げとして、ぜひにと望んで早々に積り書きも出されていた。

この話が世間に流れ、それまで源太の配下で仕事をさせて貰っていた大工の十兵衛は、仕事の腕は確かだが、世事に疎く、受答が間のびをしているため、名をあげられる程の仕事にあえず、嘲りを込めてのっそり十兵衛と呼ばれていた。この鈍間《のろま》くさい男が、何を思い詰めたか五重塔を建てたいと、夜の目も寝ずに精巧な塔の雛形を作り、遮二無二《しやにむに》朗円上人の慈悲にすがって懇願した。

ここに塔というものの持つ不思議な特殊性がある。基壇の占める広さに較べて五層の上の九輪の頂点までは、何倍の高さになるであろう。塔は細く空に立ち、遥か彼方まで寺の存在を示すものである。それは人の心を救う仏の尊い教えが塔という姿を与えられて衆生済度《しゆじようさいど》の証として立ち、仰ぎ見るものに安堵と崇慕の念をもたらしめる。寺の建物がいかに荘厳を極め、また無駄なく堅固であるとしても、大抵のものは人が使うことを目的として建てられるが、塔は仰ぎ見るために造られるものではなかろうか。

朗円上人は、源太、十兵衛二人に仏話を語って互に譲る心から生じる高い次元の喜びを説いて、その判断を当人同士に考えさせる。源太は己れの有利な立場を譲って互に協力し、円満な完成を考えるが、十兵衛はそれは最高の決断を鈍らせるものと見据えて喜ばず、頑なまでに択一を望んで固辞しつづける。二転三転二人とも苦しんだが、我を通し続ける相手に源太もとうとう業を煮やして、互に喧嘩別れに終る。朗円上人の決裁により遂に生雲塔はのっそり十兵衛が建てる運びになった。この結果を喜ばぬ若い大工の清吉は、源太親方の仇とばかり、十兵衛に切りかかり手傷を負わせる騒ぎを引き起こした。若い者の過ちは、上に立つ者の負い目になって源太は不快をこらえて十兵衛に詫びねばならず、一方傷の痛みに堪えて仕事場に立った十兵衛は、配下の職人達の信望を集め、仕事は勢いを増して完成に漕ぎ着けるばかりにまで進んだ。

工事は終り足場が外されて、塔は見事な姿を現した。人々は一人十兵衛の技倆と人柄を認めて仕事を任せられた朗円上人の徳をたたえ、それに応えた十兵衛を立派な棟梁として喜んだ。落慶式を目前にした或る夜、時ならぬ大あらしが江戸を襲った。吹き荒れる風雨に家は壊れ木も草ももぎ倒され、五重塔も雨風に揉まれて倒壊せんばかりに大揺れにゆれた。その恐しさに寺の者は朗円上人が心配のため十兵衛に来るよう命じられたと偽って呼び付けた。これを真に受けた十兵衛は善智識と信じた上人さえも疑い、板一枚、釘一本の僅かな破損も起きたなら、その責めを負って命を捨てる覚悟を決めて塔に上る。源太もまたこのあらしの中もしも塔に障りが生じれば、自らの誇りを屈してまで、仕事を譲った意味は空しく、この時個々の意地は消えて、それぞれの立場の試練に堪える。かくして人間の争いにも、自然の災いにも塔は揺がず、十兵衛は己れの迷いのない意《こころ》と誠実な技によって救われ、塔は完成する。朗円上人は、「江都の住人十兵衛之を造り川越源太郎之を成す」と銘を記され、まことに快い結末を迎えて終っている。

「五重塔」の面白さは、この筋立のよさもあるが、登場人物の性格の巧みな描写にある。本来ならば江戸っ子気質で義理も立てれば情も厚く、天晴《あっぱれ》棟梁として主人公に納まるべき源太は、人が変ったような十兵衛の塔を建てたい一心の前には、彼の侠気《おとこぎ》も優しさも通用せずひたすら我慢を強いられる苦しさ。一方十兵衛も源太の情も分別も切ないほど解っているが、我を張り通さなければ一生に二度ない塔を建て、自分の技倆を後世に残すことは叶わない。立派な塔を建てるためには、人の心も踏みにじり、己の命も捨てにかかる惨《むご》いばかりの強さである。それに連れ添う源太の女房お吉の夫を思う気の強さはいよいよ源太を不利に導き、十兵衛の女房お浪の優しさは到底、夫の仕事一途の強さには付いて行けず始終おろおろ嘆く弱さである。また若い大工の清吉の一本気は先を読めず、その母親の息子を案じる老婆の耳の遠さは、周囲の思惑を完全に遮断して一徹さを発揮する。一つ寺の中にありながら、朗円上人の慈悲の心は物の本質を見る鋭さがあり、円道、為右衛門の世俗に向けた目はわずかな体面にのみ捉われている。まだこの他にも十兵衛の子供の猪之、鳶頭の火の玉の鋭次、走り使いの小坊主に至るまで、それぞれ異なる性格の人々の書かれている心の裡《うち》は、その身ごなしを浮かび上がらせ、立居振舞、取りなりは溢れるばかりの想いを語って尽きない。そして大暴風雨の凄まじい景色の中を跋扈跳梁《ばっこちょうりょう》する飛天夜叉王の配下の眷族《けんぞく》を怒号する有様は、読む者の眼を引き抜かんばかりの勢いがある。

「五重塔」が新聞「国会」に掲載されたのは、明治二十四年十一月からで、途中ひと月足らず休み、二十五年の三月に完結したものである。

この頃祖父は「五重塔」より前に同じく「国会」に初めての長篇小説「いさなとり」を連載し、文運漸く壮《さかん》になっていた時である。当時、谷中天王寺近くの銀杏横町に、茅葺屋根の家を求めて移り住んだ。墓地と隣り合せのこの家は後ろは竹藪で、夜は寂しいというよりこわいような場所であったが、物を書く仕事には向いていたかと思われる。「いさなとり」の原稿を書いては、近くのポストに投函しに行く。その度に天王寺の五重塔を見上げ、材を組み上げた豪快な造りを好ましく仰ぎ、遠く望んでは、高く聳える姿のよさを快く思ったことから、「五重塔」の着想を得たといわれている。ことにあらしの部分は実際連載中に暴風雨の中に立つ塔に心引かれてならず、激しい風雨の荒れている間に、何度も様子を見に出掛けたという。その結果自然の威力の前に右往左往する寺男七蔵の思惑はもとより、十兵衛、源太の心の隈ぐまを探り出し、黒雲渦巻く空に飛天夜叉王の姿をまざまざと捉えて、文章は鋼の如く打たれ練られて精彩を放つに至った。

「いさなとり」を書き上げた直後、次作の紹介をした読者向けの短文がある。

「息もつかず引きつゞき明日より工事にとりかゝり大急ぎにて五重塔と申すをちょい

と建立いたし高覧に具ふべし、大工何ぞ必ずしも長屋のみを作らむやと手斧《ちょうな》初めの景気のため威張つて御吹聴申すこと然り」となっている。この時祖父は二十五、六の若さであった。

　祖父に「五重塔」を書く縁を与えた天王寺の塔は、戦後放火によって焼失し、今見ることは叶わなくなったが、「それより宝塔長《とこしな》へに天に聳えて、西より瞻《み》れば飛檐《ひえん》或時素月を吐き、東より望めば勾欄《こうらん》夕《ゆうべ》に紅日を呑んで、百有余年の今になるまで、譚《はなし》は活《い》きて遺《のこ》りける」

　正に書かれた明治二十四年から、百十年を読み継がれて、二〇〇一年の春を迎えている。

あとがき

「ここは、どうやっても坂を上らなきゃならない場所ですね」

「長いこと住んでいて、ずっと来て下さる方に難儀をおかけして、ほんと申し訳ありません」

「上り坂下り坂」の新聞連載の担当者を前に小さくなる思いだった。路面電車やバスが減少し、地下鉄全盛のいま、エスカレーターを二回乗り継ぎ、更に階段を上る。地上に出てほっと息をつく目の前に、ぬーっと長い坂が現れる。また上らなきゃなんないか――、察するにあまりある思いは、自分の日常出つ入りつする度の歎きそのものである。

　体力があった時は、ぐずぐず言ったってそれで坂が恐縮して縮んでくれるわけじゃなし、さっさと上っちゃう他ないんだから、えい、とばかり踏張ったが、それは遠く過ぎた日になった。

テンポの早い世の中の変化と、自分の老化に適応すべく、あえぎあえぎするところから「上り坂下り坂」の題は生れた。

この息切れが続く状態は未だ収まらずにいるが、本の頁を開くと、書き手の思惑を越えた繊細な画を見ることが出来る。

ジンジャーの芳香が漂い、秋風にむかごがこぼれる。髪を結わなくなってしまった話には、見事な蒔絵の櫛笄が描かれ、これを挿したであろう佳人の面影がしのばれる。箒だって私が使っていたのは、こんな素直に穂先が揃った上物とはほど遠く、掃き手の性格を映してばさけていた。

竹内浩一さんは、ふっくり優しい豊かさを細やかに添えて下さった。


結婚して間もない頃、山登りが楽しみだった主人は、山頂からの素晴しい眺めは人生観が変る、といって、人生の山坂を共にする相手を初級コースの登山に連れ出した。

五月の風はさわやかであり、山は芽吹きを迎え、なるほど山へ登る人は平地にない景色に心惹かれるのも無理はないと思いながら後をついて行った。やがて登りはきつく、歩いても歩いても頂きは遠かった。その上、林の道に雪が残り、霧が白く流れて、息は弾むし体は冷えきってしまった。主人はしきりに霧が晴れればなあ、山の神が愛でる美しい景色が見られるのにと惜しがったが、こちらはあとどのくらい歩けば山小屋に辿り着けるかそればかりを考え、小屋について毛布にくるまった後は前後不覚であった。

翌朝、朝日に耀く山並もお花畑の美しさも話の通りではあったが、人生観は変らず、つくづくそれを楽しむ余裕は自分にはない。無理は禁物だと覚った。

人はそれぞれ自分に見合ったものに心惹かれる。小さな子供は足元の蟻がどこへゆくのか気になるし、手を引いているお母さんは、通りがかりの垣根の花に目が止まる。だが見通しのいい坂の上に立つと、目の前が開け心は伸びやかになる。それが何時も見馴れた景色だとしても、等間隔に植えられた街路樹、学校の四角い建物、お風呂屋さんの煙突と手前から順に目を移し、その上にすかっと抜けるような青空が拡がり、遠くの高層ビルまで視野に収めたとき、自分はこの景色の中に住んできたという安堵感がある。

若い時は自分なりの体力で平坦な道も傾斜のきつい坂も速度を変えずに上ったが、今はあえぎながら倍の時間をかけて上る有様になった。いずれ一生の坂を行ける所までいったなら、そこの眺望を充分に楽しみつつ、下り坂はゆったりと慌てずに辿って来ようと思う。

二〇〇一年初秋

青木　玉

初出一覧

上り坂下り坂　坂を上る　こうもり　たらいの水　西瓜の舟　生姜と茗荷　この秋　お彼岸に　遠い味
鮭の上る川　おもちゃの飛行機　すすき　暮れの買物　十二支　橙　山里の犬　冷たい手　お雛さまのころ
舌ったらず　左巻き　熱帯魚　宿り木　庭箒　ケータイ　兄弟　　毎日新聞　一九九九年七月三日から二〇〇〇年七月一日の隔週土曜日

六枚のはがき　春のそら　緑光る　夏の夜　豊かな川　冬ごもり　寒明けのころ　明日の友　二〇〇〇年春125から二〇〇一年早春130

小石川ひと昔　東京新聞　二〇〇〇年三月二七日〜四月五日

時の歌　東京新聞　二〇〇〇年四月六日〜四月七日

巳年の春　銀座百点　二〇〇一年一月号

二〇〇一年の年賀状　うえの　二〇〇一年一月号

冷たさいろいろ　家庭画報　二〇〇一年七月号

蛙の子　幼稚園じほう　二〇〇〇年六月号

ファックスのご機嫌　暮らしの風　二〇〇一年一月号

耳から心へ　ラジオ深夜便　二〇〇〇年七・八月号

東京産の蝙蝠　現代　一九九九年一二月号

崩れるところ　砂防と治水　二〇〇〇年二月号

富士砂防　富士山の昨日・今日・明日（富士山直轄砂防三〇周年記録誌）二〇〇一年三月
故里　家の光　二〇〇〇年一二月号
長寿ということ　読売新聞夕刊　二〇〇一年八月二九日
隅田川への想い　新江戸東京自由大学　二〇〇〇年一〇月七日
花火　別冊太陽日本を楽しむ暮らしの歳時記夏号　二〇〇〇年六月二二日
つぶれたおはぎ　日本経済新聞夕刊　一九九九年一一月六日
皺の山　読売新聞　二〇〇一年五月一六日
手を合せるもの　寺門興隆　二〇〇一年一月号
勝手正月　鷹　二〇〇〇年一月号
うちの本　日本古書通信　二〇〇一年五月号
思い出の一冊　小説現代　二〇〇一年七月号
百で買った馬　朝日新聞夕刊　二〇〇一年二月七日
祖父の文学との出合い　赤旗　一九九八年九月二一日
裁断機の下の「五重塔」　図書　二〇〇〇年五月号
谷中の塔　朗読日本文学大系―近代文学編―別冊読本　二〇〇〇年秋
「五重塔」　CDクラブマガジン　二〇〇一年五月号

タイトルを変えたり、新しくタイトルをつけたりした随筆があります。

装幀　野崎麻理
装画
挿絵　竹内浩一

青木　玉略歴

一九二九年幸田文長女として東京に生れる。一九四九年東京女子大学国語科卒業。一九九五年「小石川の家」で芸術選奨文部大臣賞受賞。著書に「幸田文の箪笥の引き出し」「帰りたかった家」「なんでもない話」「こぼれ種」「手もちの時間」がある。

上《のぼ》り坂《ざか》下《くだ》り坂《ざか》

二〇〇一年一一月八日　第一刷発行

著者――青木《あおき》　玉《たま》

発行者――野間佐和子

発行所――株式会社講談社

東京都文京区音羽二―一二―二一　郵便番号一一二―八〇〇一

電話

文芸図書第一出版部(〇三)五三九五―三五〇四

書籍第一販売部(〇三)五三九五―三六二二

書籍業務部(〇三)五三九五―三六一五

印刷所――株式会社精興社　製本所――島田製本株式会社

定価はカバーに表示してあります。

ISBN4-06-210854-2（文1）